婉约词

林音 等·注析

插圖精譯

陕西新華出版 三秦出版社

图书在版编目（C I P）数据

婉约词 / 林音等注析．-- 2 版．-- 西安 ：三秦出版社，2008.04（2024.1 重印）
（国学百部文库）
ISBN 978-7-80628-056-0

Ⅰ．①婉… Ⅱ．①林… Ⅲ．①婉约派－词（文学）－文学欣赏－中国－古代 Ⅳ．① I207.23

中国版本图书馆 CIP 数据核字（2008）第 032705 号

书　　名　婉约词
作　　者　林音等 注析
责　　编　高立民
封面设计　新华智品

出版发行　三秦出版社
社　　址　西安市雁塔区曲江新区登高路 1388 号
电　　话　（029）81205236
邮政编码　710061
印　　刷　北京一鑫印务有限责任公司
开　　本　680×1020　1/16
印　　张　9
字　　数　145 千字
版　　次　2008 年 4 月第 2 版
印　　次　2024 年 1 月第 2 次印刷
标准书号　ISBN 978-7-80628-056-0

定　　价　39.80 元
网　　址　http://www.sqcbs.cn

前　言

婉约词是一种配乐歌唱的新体诗，虽说最初产生于民间，但其得以风行却是因为晚唐那些“绮筵公子，绣幌佳人，递叶叶之花笺，文抽丽锦；举纤纤之玉指，拍按香檀”，在花间、筵前将那些男欢女爱、相思别离之情曼声低唱的缘故。因此，词中洋溢的是青春和爱情，充满的是柔情蜜意，它所具有的“婉约”“香艳”之艺术特质成为其体征与代表风格，也是很自然的了。两宋时期，婉约词空前繁荣，风靡全国。以后虽然出现了苏轼、辛弃疾为代表的豪放词，并以其杰出的文学成就与婉约词平分秋色，但在人们的心目中，婉约词的正宗地位始终没有改变。明代徐师曾在《文体明辨序论》中说：“至论其词，则有婉约者，有豪放者。婉约者欲其词情蕴藉，豪放者欲其气象恢弘。盖虽各因其质，而词贵感人，要当以婉约为正。”此语颇有代表性。

婉约词是指以温庭筠、柳永、李清照、周邦彦等词人为代表的词派，他们的词表情达意一般崇尚含蓄婉转，充分发挥了词专主情致的特点。婉约词在取材方面，多写儿女之情，离别之绪，在表现方法上多用含蓄蕴藉方法将情绪予以表达，其风格是绮丽的。婉约词出现较早，从唐五代以温庭筠为代表的“花间派”开始，继有宋初的欧阳修、晏殊、晏几道，与欧、晏同时的柳永，虽在词的表现方法上大有改进，但仍未脱离婉约风格。之后，又有秦观、贺铸、李清照继起。

言情，是婉约词的传统题材，也是婉约词的主要特点。它以情动人，道尽人间的悲欢离合，喜怒哀乐。五代词人韦庄，善于运用各种抒情手法，成功地抒写自己对生活的感受。晏殊的《珠玉词》，抒情委婉，如明珠美玉，光艳照人。欧阳修是一位领袖儒林、肩负文统道统的中心人物。在他的诗文里，只能看到他严肃的护道面孔，而他的抒情小词，却写得婉媚轻柔，情致缠绵……作家们把肺腑中的真情，悲愁与欢愉，通过抒情的婉约词，曲折细腻地流露出来，赢得古今无数读者的共鸣。

婉约词的又一特点是“以美取胜”。它以美的语言、美的形象、美的意境，展现自然美与生活美，歌颂人物的心灵美。作家们把美的语言、美的形象、美的意境，和谐地统一起来，创作出大量具有诗情画意的绝妙好词。“问君能有几多愁？恰似一江春水向东流”（李煜《虞美人》）、“车如流水马如龙，花月正春风”（李煜《望江南》）、“帘外雨潺潺，春意阑珊”（李煜《浪淘沙令》）、“舞低杨柳楼心月，歌尽桃花扇底风”（晏几道《鹧鸪天》）、“醉别西楼醒不记。春梦秋云，聚散真容易”（晏几道《蝶恋花》），还有李清照“莫道不销魂，帘卷西风，人比黄花瘦”（《醉花阴》）、“雁字回时，月满西楼”、“一种相思，两处闲愁”、“才下眉头，却上心头”（《一剪梅》）、“梧桐更兼细雨，到黄昏点点滴滴”（《声声慢》）等等，皆美妙动人，绚丽多彩。

总之，婉约词是按照美的法则来反映生活的。作家们用精炼的语言、真挚的感情、美丽动人的艺术形象，反映具有一定典型意义的社会生活，创作了大量的优秀作品，华彩纷呈，百卉竞妍，千姿百态，丰富多彩，世代传诵，历久不衰。

要从如此精美浩瀚的文化遗产中选出仅仅不到两百首来供大家欣赏，并非一件容易的事。没有入选的作品实在太多太多，但囿于篇幅，我们只能忍痛割爱，在此祈请大家谅解。此外，为了让广大读者在欣赏这些优秀作品的同时，能对作者本人有一个较为全面的认识，我们将部分优秀作者的生平简介附于书后，相信这对了解作者的创作风格、创作手法以及深化作品内容都会大有裨益的。真心希望广大读者能够从本书中得到一定的艺术享受和艺术借鉴！限于作者水平，错误、不足之处，敬请读者批评指正。

编　者
2008 年 8 月

目录

李隆基

好时光（宝髻偏宜宫样） /1

李 白

菩萨蛮（平林漠漠烟如织） /2

韩 翃

章台柳（章台柳） /3

柳 氏

杨柳枝（杨柳枝） /3

王 建

调笑令（团扇） /4

白居易

长相思（汴水流） /5

和 凝

江城子（两首） /6

冯延巳

蝶恋花（庭院深深深几许） /7

谒金门（风乍起） /8

鹊踏枝（谁道闲情抛掷久） /9

鹊踏枝（烦恼韶光能几许） /10

南乡子（细雨湿流光） /11

李 璟

浣溪沙（菡萏香销翠叶残） /12

李 煜

相见欢（林花谢了春红） /13

相见欢（无言独上西楼） /13

浪淘沙（往事只堪哀） /14

韦 庄

江城子（恩重娇多情易伤） /15

思帝乡（春日游） /16

牛 峤

菩萨蛮（玉楼冰簟鸳鸯锦） /17

张 泌

江城子（窄罗衫子薄罗裙） /18

牛希济

生查子（新月曲如眉） /20

李 珣

中兴乐（后庭寂寂日初长） /21

毛文锡

更漏子（春夜阑） /22

魏承班

玉楼春（寂寂画堂梁上燕） /23

顾 敻

浣溪沙（春色迷人恨正赊） /24

荷叶杯（记得那时相见） /25

荷叶杯（我忆君诗最苦） /26

孟　昶

玉楼春（冰肌玉骨清无汗） /27

欧阳炯

浣溪沙（相见休言有泪珠） /28

孙光宪

应天长（翠凝仙艳非凡有） /29

范仲淹

御街行（纷纷坠叶飘香砌） /30

宋　祁

玉楼春（东城渐觉风光好） /31
绵缠道（燕子呢喃） /31

欧阳修

阮郎归（南园春半踏青时） /32
临江仙（柳外轻雷池上雨） /33

张　先

天仙子（《水调》数声持酒听） /33
剪牡丹（野绿连空） /34
千秋岁（数声鶗鴂） /35
更漏子（锦筵红） /36

晏　殊

浣溪沙（玉碗冰寒滴露华） /36

柳　永

秋夜月（当初聚散） /37
鹤冲天（黄金榜上） /38
斗百花（煦色韶光明媚） /39
迷仙引（才过笄年） /39

晏几道

阮郎归（旧香残粉似当初） /40

李之仪

卜算子（我住长江头） /41

贺　铸

薄幸（淡妆多态） /41

林　逋

长相思（吴山青） /42

解　昉

永遇乐（风暖莺娇） /43

王安石

浣溪沙（百亩中庭半是苔） /44

周邦彦

玉楼春（桃溪不作从容住） /45
解语花（风销绛蜡） /45
兰陵王（柳阴直） /47
六丑（正单衣试酒） /48
浪淘沙慢（晓阴重） /49

苏　轼

水龙吟（似花还似非花） /50
蝶恋花（花褪残红青杏小） /51
水调歌头（明月几时有） /52

黄庭坚

蓦山溪（鸳鸯翡翠） /53

秦　观

减字木兰花（天涯旧恨） /54
千秋岁（水边沙外） /54

李清照

凤凰台上忆吹箫（香冷金猊） /55
如梦令（常记溪亭日暮） /57
如梦令（昨夜雨疏风骤） /57
一剪梅（红藕香残玉簟秋） /58

蝶恋花（暖日晴风初破冻） /59
永遇乐（落日镕金） /60

李重元

忆王孙（萋萋芳草忆王孙） /61

杨无咎

齐天乐（后堂芳树阴阴见） /62

曾　觌

念奴娇（群花渐老） /63

朱淑贞

江城子（斜风细雨作春寒） /64
蝶恋花（楼外垂杨千万缕） /65
菩萨蛮（湿云不渡溪桥冷） /66
浣溪沙（玉体金钗一样娇） /66

赵　鼎

点绛唇（香冷金炉） /67

王之道

如梦令（一饷凝情无语） /68

陆　游

月照梨花（霁景风软） /69
钗头凤（红酥手） /70

唐　琬

钗头凤（世情薄） /71

张孝祥

木兰花慢（送归云去雁） /72
浣溪沙（绝代佳人淑且真） /74

赵长卿

阮郎归（年年为客遍天涯） /75

辛弃疾

祝英台近（宝钗分） /76
鹧鸪天（晚日寒鸦一片愁） /77
青玉案（东风夜放花千树） /78
西江月（明月别枝惊鹊） /79

刘　过

贺新郎（老去相如倦） /80

姜　夔

小重山令（人绕湘皋月坠时） /82
点绛唇（燕雁无心） /83

史达祖

杏花天（软波拖碧蒲芽短） /84
双双燕（过春社了） /85
临江仙（愁与西风应有约） /86
玲珑四犯（雨入愁边） /87

高观国

江城子（绿丛篱菊点娇黄） /88

卢祖皋

西江月（燕掠晴丝袅袅） /89

林正大

括满江红（为忆当时） /90

洪咨夔

南乡子（风雨过芳晨） /91

方千里

少年游（东风无力扬轻丝） /92

岳珂

满江红（小院深深） /92

黄　机

菩萨蛮（相思绕遍天涯路） /94
临江仙（寒食清明都过了） /94

刘克庄
生查子（繁灯夺霁华） /95
严　仁
南柯子（柳陌通云径） /96
淮上女
减字木兰花（淮山隐隐） /97
吴　潜
青玉案（黄昏先自无情绪） /98
南柯子（池水凝新碧） /99
赵崇嶓
清平乐（莺歌蝶舞） /100
蝶恋花（一剪微寒禁翠袂） /101
方　岳
水龙吟（昼长庭院深深） /102
一剪梅（谁剪轻琼做物华） /103
吴文英
风入松（听风听雨过清明） /104
唐多令（何处合成愁） /105
极相思（玉纤风透秋痕） /106
宴清都（绣幄鸳鸯柱） /107
澡兰香（盘丝系腕） /108
陈　著
洞仙歌（冰肌玉骨） /109
陈允平
唐多令（休去采芙蓉） /110
刘辰翁
宝鼎现（红妆春骑） /111
兰陵王（送春去） /113
浣溪沙（点点疏林欲雪天） /115
李彭老
祝英台近（杏花初） /116
黄　升
鹧鸪天（沉水香销梦半醒） /117
李　演
声声慢（轻鞯绣谷） /118
周　密
拟东泽（新雨洗花尘） /119
江城子（罗窗晓色透花明） /120
甘州（渐萋萋） /121
一萼红（步深幽） /122
王沂孙
齐天乐（绿槐千树西窗悄） /123
水龙吟（世间无此娉婷） /125
高阳台（残雪庭阴） /126
蒋　捷
一剪梅（一片春愁待酒浇） /127
王易简
齐天乐（宫烟晓散春如雾） /128
词人谱 /130

好 时 光

李隆基

宝髻偏宜宫样，莲脸嫩，体红香。眉黛不须张敞画[1]，天教入鬓长。　莫倚倾国貌，嫁取个，有情郎。彼此当年少，莫负好时光。

【注释】

〔1〕黛：黑色。张敞：汉河东平阳（今山西临汾西南）人。早年官太仆丞，宣帝时为太中大夫、京兆尹、冀州刺史等。尝为妻画眉，时长安有"张京兆眉怃"之说，后来成为夫妻恩爱的典故。《汉书》有传。

【赏析】

据《词林纪事》记载，明皇（即玄宗）"尝临轩纵击，制一曲曰《春光好》，方奏时，桃李俱发"，应词中"莫负好时光"之语，明皇戏曰："此事不唤我作天公可乎？"

在词的发展初期，词牌与词的内容是统一的，唐玄宗的这首词即如此。上阕工笔描绘了一位正值青春年华的美人的姣好体貌，细写其锦衣宫装、高髻云鬓、面如莲花、遍体红香，辞藻华丽浓艳，极言美人之青春艳丽。

下阕直抒词旨，以劝说口吻，劝美人不要辜负了大好时光。古有《金缕曲》曰："劝君莫惜金缕衣，劝君惜取少年时。花开堪折直须折，莫待无花空折枝。"二者词旨一致，均是劝人珍惜宝贵时光，莫将青春虚度之意。

词最早始于民间，内容广泛，语言朴素。至花间词派兴起，则渐失民间文学特色，词风趋于典雅艳丽，更注重炼字琢句。观此词，则兼有二者之长，虽为帝王之词，却也留有民间词曲的痕迹。上阕描写香软典雅，下阕语言率直朴素，乃是词由民间曲子词向文人曲子词过渡的一个表征。

菩 萨 蛮

李 白

平林漠漠烟如织，寒山一带伤心碧。暝色入高楼，有人楼上愁。　　玉阶空伫立，宿鸟归飞急。何处是归程，长亭更短亭[1]。

【注释】

〔1〕长亭、短亭：秦、汉时十里置亭，为行人休憩及饯别之所。北周庾信《庾子山集》之《哀江南赋》："水毒秦泾，山高赵陉。十里五里，长亭短亭。"

【赏析】

这是首眺远怀人之词。

起句状景以衬情：平原上广袤的树林上空笼罩着暮霭，轻飘迷蒙，如烟如纱；连绵起伏的山脉有如一条丝带，呈现出碧绿的颜色。写林，词人状之以"漠漠"，已有苍茫萧瑟之感；写山，词人状之以"伤心"，悲痛之情见诸笔端。暮山自绿，何言伤心？"暝色入高楼，有人楼上愁"，原来以上景色均为愁人眼中所见，故令无情之山水也蒙上了愁惨的颜色。白居易《长恨歌》中有"行宫见月伤心色"，与此同一道理。

下阕由楼上转到楼下，写伫立在玉阶所见及主人公内心忧愁的原因。主人公孤单一人久久伫立在玉阶之上，眺望着暮色中急急飞回巢中去的鸟儿，以宿鸟归林反衬远行之人未归，构成富于联想的意象，其所以久立远望的原因令人一目了然。"何处是归程，长亭更短亭"，写主人公伫立玉阶之际的内心活动，她那绵长的情思早已飞往漫长的归途，"更"字道出了她因山重水隔、路途遥远而生的叹息。

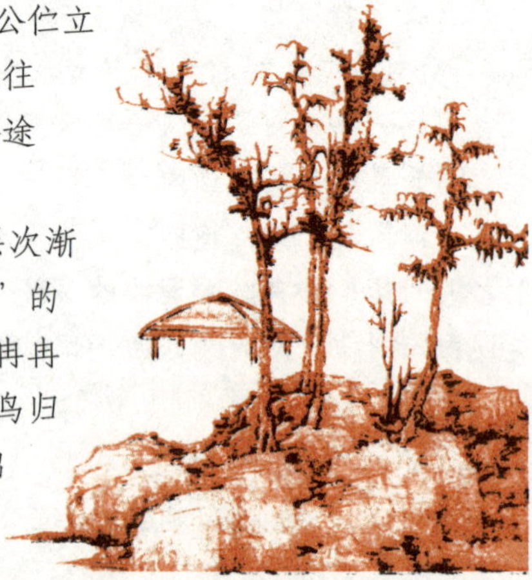

此词婉转写来，由景及人，由实及虚，层次渐进，脉络井然，且用字极工，如"暝色入高楼"的"入"字，把日暮时分，时光慢慢推移、暝色冉冉而至的情景表现得非常准确、生动。再如"宿鸟归飞急"的"急"字，既写出鸟飞之疾，又道出女子盼归之心切。

盛唐时期，词方渐兴，而此词词风之玲

珑圆熟，音律之和谐圆满，艺术成就之高，堪为后世楷模。宋人黄升说：“《菩萨蛮》《忆秦娥》二词，为百代词曲之祖。”

章 台 柳

寄柳氏

韩 翃

章台柳[1]，章台柳，昔日依依今在否？纵使长条似旧垂，也应攀折他人手。

【注释】

〔1〕章台：宫名。战国时建，以宫内有章台而名。在今西安市西北西汉长安城故址西南隅。台下有街名章台街。西汉京兆尹张敞罢朝会，走马过章台街，即此。

【赏析】

据《太平广记》载，韩翃有友李生，每将妙妓柳氏携至韩所，柳羡其才，日久生情。李生知其意，乃请韩翃饮酒，席间将柳氏赠予韩翃。后安禄山之乱中两人离散，柳氏为番将沙叱利所劫。长安收复后，韩遣人寻访柳氏，并赠有《章台柳》一词。后有虞候许俊用计诈得柳氏，方得归韩。

《章台柳》一词以柳喻柳氏，起句重复两遍“章台柳”，如呼其名，见其情深意切。下面两句既写对往日的怀念，又写对她现在遭遇的关切以及对她安危的挂念。其爱恋情深尽在不言之中，可谓纸短情长。

杨 柳 枝

柳 氏

杨柳枝，芳菲节，所恨年年赠离别。一叶随风忽报秋，纵使君来岂堪折。

【赏析】

《杨柳枝》乃柳氏答和韩词所作，叙写离情别恨。亦以柳自喻。“芳菲”的“柳枝”象征着青春年华，然而不能趁着青春美丽与丈夫厮守，却令人平添恨意，故云：“所恨年年赠离别。”古人有折柳赠别的习俗，这里以此切合自己与丈夫离别的不幸遭遇。结尾两句写从春到秋，杨柳由盛而衰，人也经历了久别相思的苦痛，今已思念伤身、憔悴不堪了，故有“纵使君来岂堪折”之说，亦是诉说相思之苦、含情带怨的情语。

调 笑 令

王 建

团扇，团扇，美人病来遮面。玉颜憔悴三年，谁复商量管弦！弦管，弦管，春草昭阳路断[1]。

【注释】

〔1〕昭阳：西汉宫殿名，成帝时皇后赵飞燕居之。后世小说、戏剧多以“昭阳”代指皇后的居所。

【赏析】

此调又名《宫中调笑》，亦即《转应曲》。此词写宫怨，主人公是宫中后妃，叙写其由承恩到失宠的不幸经历。

此词以“团扇”起兴。团扇又名合欢扇，《文选》载汉代班婕妤有《怨歌行》：“裁为合欢扇，团团似明月。”可见团扇常为两情恩好的象征。此意与下面词情的发展成为反衬与对照，用意深长。当美人病中以团扇遮面之时，那圆圆的扇儿令她怅然回想起往日承恩受宠时的欢乐情景。“玉颜憔悴三年，谁复商量管弦”，“谁复”即不再有人与她商量管弦之意，今昔对比，凄凉幽怨之情顿生。物我同情，秋扇即收，人亦见弃，词人以团扇起兴之深意至此立见。“弦管，弦管，春草昭阳路断”，写在这“且将团扇共徘徊”的寂寞深宫里，只听远远地从昭阳宫殿那里传来丝竹弦乐之声。一热闹，一凄凉，命运对这不幸的后妃来说，不仅无情，简直太残酷了。陈廷焯说：“结语凄怨，胜似宫词百首。”

词人将深宫中众多妃姬们的不幸命运描述得形象生动，并且寄予了深深的同情，与其

他那些颂扬天子悠闲享乐生活和宫掖承平气象的应制之作相比，具有一定的进步性和现实意义。

长 相 思

白居易

汴水流[1]，泗水流[2]，流到瓜洲古渡头[3]，吴山点点愁[4]。　思悠悠，恨悠悠，恨到归时方始休，月明人倚楼。

【注释】

〔1〕汴水：古河名，发源于河南，流经江苏，转入泗水。

〔2〕泗(sì)水：古河名，发源于山东，流经江苏入淮河，由大运河入长江。

〔3〕瓜洲：镇名，位于长江北岸、扬州市南面，是大运河流入长江的入口处。

〔4〕吴山：泛指江南群山。

【赏析】

此词写思妇怀远之情。

“汴水流，泗水流，流到瓜洲古渡头”，看似纯粹写景，与人无关，实以流水比人的远行，也是以水的蜿蜒曲折，喻人的千愁万恨之绵长不绝；“吴山点点愁”，以山比拟思妇之愁，极言其愁的深重。故山山水水均成为情之寄托。

下阕“思悠悠，恨悠悠”与上阕“汴水流，泗水流”两两相对，词脉相连，言情之无限。下面词锋陡转，“恨到归时方始休”，是说这绵长的离恨，只有等思念的人从远方归来，才会烟消云散。北宋晏几道所作《长相思》中：“长相思，长相思，若问相思甚了期，除非相见时”，即扩展此句意而成。结句“月明人倚楼”，以景结情，收束全词，意韵悠长。

白居易词风如其诗，以白描见长，平易流畅，语真情更真。

江 城 子

和 凝

（一）

初夜含娇入洞房，理残妆，柳眉长。翡翠屏中，亲爇玉炉香[1]。整顿金钿呼小玉[2]，排红烛，待潘郎[3]。

（二）

竹里风生月上门，理秦筝[4]，对云屏。轻拨朱弦，恐乱马嘶声。含恨含娇独自语，今夜约，太迟生[5]！

【注释】

〔1〕爇（ruò）：点燃，焚烧。

〔2〕金钿（diàn）：金花钗，妇女首饰。

〔3〕潘郎：指晋代潘岳。潘以姿容仪态美好著称，他乘车从街上过，沿途妇女们纷纷把花和果子扔到车上，有“掷果盈车”的故事。后常借以代指妇女爱慕的男子。

〔4〕秦筝：类似瑟的弦乐器，传为秦朝将军蒙恬所造。《文选》晋潘岳《笙赋》：“晋野悚而投琴，沉齐瑟与秦筝。”

〔5〕太迟生：“生”为助词，如太瘦生、可怜生之类。唐宋人常用语。

【赏析】

和凝擅长写短歌艳曲。这组《江城子》共有五首，以艳丽、香软的笔触描写了一位女子等待情郎到来，卿卿我我，直至送别的全过程，其间感情波澜起伏，表现细腻，将恋爱中女子的温柔、多情表现得淋漓尽致，是花间词的典范作品。这里选取其中头两首加以赏析。

第一首写女子梳妆打扮，焚香燃烛，等候情郎的到来。这首词的特点是以华丽的辞藻来描写美人之美和居室的华丽，如用“柳眉”“金钿”“翡翠屏”“玉炉香”“红烛”等。

第二首转入对女子等待过程中的心理描写。“竹里风生月上门”写时间已经很晚，能清晰地听见风吹竹林的声音，读者可以想见四周的安静，是以动衬静的手法。接下来着重通过对女子一系列动作的描写来传达她殷切期盼的心情，“理秦筝，

对云屏”，因为情郎迟迟未到，百无聊赖之中以弹拨秦筝来消磨时间。“轻拨朱弦，恐乱马嘶声”，然而弹奏是很轻柔的，怕扰乱和遮住了载着情郎的马鸣之声。况周颐在《餐樱庑词话》中赞这两句道：“熨贴入微，似乎人人意中所有，却未经前人道过，写出柔情蜜意，真质而不涉尖纤。”结句以独白方式传达了女子因长久的等待，娇嗔含怨的心情。使人如闻其声，如见其态。

蝶恋花[1]

冯延巳

庭院深深深几许？杨柳堆烟，帘幕无重数。玉勒雕鞍游冶处[2]，楼高不见章台路[3]。　雨横风狂三月暮，门掩黄昏，无计留春住。泪眼问花花不语，乱红飞过秋千去。

【注释】

〔1〕蝶恋花：《蝶恋花》原名《鹊踏枝》，《词谱》卷十二谓“宋晏殊词改今名”。此词一称欧阳修作，实误于李清照，应为冯延巳《鹊踏枝》十四首中的第十二首。

〔2〕“玉勒”句：玉勒，镶玉的马笼头。雕，饰画。雕鞍，用彩画装饰的马鞍。游冶，出游寻乐。李白《采莲曲》：“岸上谁家游冶郎，三三五五映垂杨。”后特指流连歌楼妓馆。

〔3〕章台路：西汉长安城中有章台街，是歌伎们居住的地方。《汉书·张敞传》中有“走马章台街”语。后人常以章台代指妓院所在处。

【赏析】

这是一首闺中少妇伤春词。

上阕主要写少妇所处的环境，下阕则着力渲染深闺中少妇的伤春之情。

词的开头描绘了一幅深宅大院的景象。一座幽深的庭院，房屋众多，雕梁画栋，珠帘低垂，寂静无人。只有青青的杨柳，柳丝长垂，浓绿喜人，远远望去如一片翠色的云烟。首句一连三个“深”字的连用，渲染出这个宅院幽深静寂的气氛，词中的主人公，就在这与世隔绝的深深庭院中思念着自己的丈夫，在寂寞孤

独中送走春光。琼瑶的小说《庭院深深》一书名，即来源于本词。

下阕在时间上紧承上阕，由春光正好转入春天即将逝去的暮春，少妇的心情也由寂寞的等待变为伤心绝望和满腔的哀怨。暮春三月，雨骤风狂。风雨中，花儿凋零，红消香逝。“泪眼问花花不语，乱红飞过秋千去”，这两句景中有情，情中有景，情景交融，将花拟人，以花喻人，于“物”之上“著我之色彩”。王国维《人间词话》评曰：“‘泪眼问花花不语，乱红飞过秋千去’，有我之境也。”浅显平易的两句词，构成了一个色彩浓烈、饱含感情的意境，于浓艳中见凄郁，景深情亦深。毛先舒评这两句词云：“此可谓层深而浑成。……语愈浅而意愈入，又绝无刻画费力之迹。”

此词含蓄蕴藉，婉曲雅致，用字极工而又自然流畅。词人精湛的笔法，寥寥数句，通过环境的渲染和景物的衬托，以及拟人、象征手法的巧妙运用，给我们刻画出了一位在寂寞深闺中凄凉度日，于泪眼迷蒙中青春悄然逝去的不幸少妇形象，揭示出她内心深处无以言表的深沉悲哀和不幸命运，具有强烈的艺术感染力。陈世修评冯延巳词：“思深辞丽，韵律调新。”况周颐说：“愈瑰丽，愈醇朴……美不胜收。”

谒金门

冯延巳

风乍起，吹皱一池春水。闲引鸳鸯芳径里，手挼红杏蕊[1]。　斗鸭阑干独倚[2]，碧玉搔头斜坠[3]。终日望君君不至，举头闻鹊喜。

【注释】

〔1〕挼(ruó)：揉搓。

〔2〕斗鸭阑干：圈养斗鸭的栏杆。阑干，同“栏杆”。

〔3〕碧玉搔头：即玉搔头，玉簪的别称。《西京杂记》卷二：“(汉)武帝过李夫人，就取玉簪搔头，自此后宫人搔头皆用玉。”

【赏析】

这是一首闺怨词。

"风乍起，吹皱一池春水"，是后世盛传的名句。《南唐书》有一段记载："延巳有'风乍起，吹皱一池春水'之句，皆为警策。元宗李璟尝戏延巳曰：'吹皱一池春水'，干卿何事？延巳曰：未如陛下'小楼吹彻玉笙寒'。"可见此词在南唐时就已广为传诵。寥寥数字，不但交待了季节、环境，描绘了自然景色，而且以象征手法暗示了女主人公不平静的心境，如池水一般在春风的撩拨下泛起阵阵涟漪，引发千丝万缕的情思。下面两句撷取女主人公的生活片断，通过她无情无绪地引逗鸳鸯和心不在焉地揉搓花瓣的举动，表现了她寂寞空虚的心境。

下阕过渡自然，与上阕首尾相衔，继续描写女主人公的日常情事。她独自一人斜倚着栏杆，看鸭子相斗，因长时间低头的缘故，发髻上的碧玉簪子斜斜欲坠，而她却浑然不觉，极力刻画出她痴痴出神的神态。是什么使她如此郁郁寡欢呢？"终日望君君不至"，全因良人远行未归而起。结拍句"举头闻鹊喜"转抑为扬，使文情起伏有致。古时人们认为"喜鹊叫，好事到"，《西京杂记》上即有"干鹊噪而行人至"的说法，故此女主人公听见枝头上喜鹊的喳喳叫声，即欣喜万分，将女子对丈夫的盼望之情表现得生动自然。

鹊踏枝

冯延巳

谁道闲情抛掷久？每到春来，惆怅还依旧。日日花前常病酒[1]，不辞镜里朱颜瘦。　河畔青芜堤上柳[2]，为问新愁，何事年年有？独立小桥风满袖，平林新月人归后。

【注释】

〔1〕病酒：因喝酒过量而引起身体的不适。

〔2〕青芜：丛生的青草。

【赏析】

起句以顿入手法，反诘的语气，道出这份"闲情"的困扰和郁结，无以摆脱，由来已久。这份闲情，不是因具体的人或事而起，而是一种无以名状的惆怅若失的情绪。随着春天万物的苏醒，此种情绪在词人心头愈发敏锐和真切，如影随形，啮咬着敏感的心灵。何以解忧，唯有"杜康"，悲切、落寞、苦闷的情绪使词人日日耽于饮酒，已经到了不再顾惜身体的地步。"瘦"字写出了词人伤情之至，足见其苦闷之深，唯有在酒醉神迷的虚幻之境中，才能暂时忘却盘结在心中的痛苦。上阕情感强烈，表现了游于灵魂炼狱之中的词人内心激楚之情。

下阕转入平和，词人暂时从强烈的“自我”中摆脱出来，站在旁观者的角度，对不能自拔的自我微加嘲讽。词人将春时的青草和杨柳拟人化，借以发问，为何年年忧愁不曾断绝？细揣词意，又似在说，为什么在这风和日丽的大好春光中还长吁短叹，不能自已？茵茵的、丛生的青草和枝条柔软的杨柳营造成一种绵长柔和的情调，殷勤询问，温柔备至，抚慰着词人的心灵。宁静、美丽的大自然使词人久久不愿归去，独自伫立直至月上梢头。“独立小桥风满袖”，清风灌满了宽大的袖袍，欲飘然而举的词人，颇有忘却浊世，遗世独立的味道。唯有此时此刻，才暂得把新愁旧愁一起淡忘的片刻宁静和安祥。这一心境进一步在“平林新月人归后”这一意象中表现出来。人归之后，没有了尘嚣的扰攘，一钩新月挂于林梢，清辉幽幽，默默无言，却似在诉说着自然、人生永恒的道理，把它的静穆祥和，传送到词人心中。

冯延巳虽身居高位，然南唐国势愈危，党争愈烈，俯仰身世，“危苦烦乱”，“一于词发之”。此词中所反映的对现实人生的无以解脱的无名怅恨，具有一定的社会普遍性，往往引起后世人的共鸣，有较高的艺术欣赏价值。

鹊 踏 枝

冯延巳

烦恼韶光能几许？肠断魂销，看却春还去。只喜墙头灵鹊语，不知青鸟全相误[1]。　心若垂杨千万缕，水阔花飞，梦断巫山路[2]。开眼新愁无问处，珠帘锦帐相思否？

【注释】

〔1〕青鸟：神鸟，为传说中西王母的使者。唐李商隐《无题》：“蓬山此去无多路，青鸟殷勤为探看。”

〔2〕巫山：山名，在重庆市巫山县东。《文选》宋玉《高唐赋》记楚怀王梦与巫山神女相会。后以此代指男女幽会。

【赏析】

清刘熙载论词说：“大抵起句非渐引即顿入，其妙在笔未到而气已吞。”此词起句用顿入手法，以事物的矛盾性吸引住读者，韶光原指春光，或泛指美好时光，词人却偏加上“烦恼”二字，将自然的美好与人的心情的烦恼相联系、相对立，使二者之色彩差异更加鲜明。“能几许”？是说道不清有几许留恋、又有几许恨意；“肠断魂销，看却春还去”，就在愁苦的心境中一天天把大好的春光送走。其惜春之情，伤己之意表现得至深至真。“只喜墙头灵鹊语，不知青鸟全相误”，此两句写女子在漫长的等待中，将全部希望都寄托在鸟雀的身上，忽喜忽悲，令人可悲可叹。

“心若垂杨千万缕”，以纷扬的垂柳喻女子心绪的烦乱，“水阔花飞”写残春之景，纷飞的花瓣飘落于宽阔的水面，随波逐流，杳然无踪，这一令人无限怅惘的景象暗寓美人迟暮。“梦断巫山路”，写即使在梦中也无以相会的痛苦。“开眼新愁无问处，珠帘锦帐相思否”，写梦醒之后悲哀不已，却无人与诉，幽怨至极，由己推人，猜想对方是否也和自己一样在苦苦相思。

冯延巳的词擅长描写人物内心世界，尤长于刻画女性心态。这首词将侧面用笔和直接抒情相结合，景情相生，将思妇心态描写得极有层次，抑扬跌宕，内涵丰富。

南乡子

冯延巳

细雨湿流光，芳草年年与恨长。烟锁凤楼无限事[1]，茫茫。鸾镜鸳衾两断肠[2]。　　魂梦任悠扬，睡起杨花满绣床。薄幸不来门半掩[3]，斜阳。负你残春泪几行！

【注释】

〔1〕凤楼：古时指妇女居处。

〔2〕鸾镜：饰有鸾鸟图案的妆镜。鸳衾：绣有鸳鸯图案的被子，亦指夫妻共寝之被。

〔3〕薄幸：幸为宠爱之意，薄幸在古诗词中多用以指久别的夫婿。

【赏析】

此词写女子思念丈夫。起句状物细腻入微，又不显尖纤，将雨湿芳草、流光闪烁的情形逼真地描摹出来。王国维评曰：“能摄春草之魂。”且景中寓情，以被细雨润泽而茂盛生长的春草比拟离恨，草长恨亦长。“烟锁”喻雨雾朦胧如烟的景象，“锁”字暗示出女子孤身独处的寂寞，如关在笼中的鸟。“茫茫”与上句为倒置句式，兼状雨景及心境，二者俱是苍茫迷离，恍惚凄恻。以上写室外之景，可以揣想乃是女子枯坐房中向外眺望所见。再写室内，那绣有鸳鸯戏水图案的锦被和饰有鸾鸟图案的妆镜，无不令她睹物思人，黯然伤情。现实中的生活沉闷而压抑，唯有在梦中她的灵魂和躯体才能一并获得解放，自由自在，无所拘束，得到暂时的欢乐。然而梦醒之后只见杨花纷坠，斜阳半掩，那最后的光芒是那般微弱，稍纵即逝，如她即将逝去的青春年华。梦境与现实，一欢一悲，鲜明的对比，使梦醒之后的人儿凄怜无比，不禁珠泪成行，“负你残春”真乃字字泣血，如怨如诉，表达了女子悲伤绝望的心情。“泪几行”则与“细雨湿流光，芳草年年与恨长”句遥相呼应，那茵茵芳草似不是为雨水灌溉，而是用不幸的女子的眼泪来浇灌的。

全篇结构回环往复，景与情达到了高度的和谐，具有极大的艺术感染力，乃是闺怨词中言情至深至浓亦至悲之作。

浣溪沙

李璟

菡萏香销翠叶残[1]，西风愁起绿波间。还与韶光共憔悴，不堪看。　　细雨梦回鸡塞远[2]，小楼吹彻玉笙寒。多少泪珠无限恨，倚阑干。

【注释】

〔1〕菡萏(hàn dàn)：荷花的别名。

〔2〕鸡塞：即鸡鹿塞，汉时边塞名。这里泛指边塞。

【赏析】

此词写女子怀远之情。

上阕起句写景，西风起，花残叶凋，“愁”字写花亦写人，花因风起而生悲惧之感，人因花亡而生悲哀之情。随着韶光消逝，人与花共愁，亦共憔悴。“不堪看”写人亦写花，与首句“菡萏香销”遥相呼应。上阕人与花其形、其情，交织融合，浑然莫辨，造成一种深郁惝恍的艺术意境。

上阕以写景为主，景中隐然有人，但如隔雾看花，迷离朦胧。下阕由对外景的描写转入到对人的内心世界的深层描写。因白天所见所感，夜来成梦，去那荒凉遥远的边塞寻找自己的亲人，恍然梦醒之时，窗外正是细雨潇潇，寒意渐透，再难成眠，于是独倚楼头，吹笙以寄恨。“吹彻玉笙寒”，写楼外风又雨，吹笙既久，以致玉笙冰寒彻骨。这两句从塞外写到小楼，从梦境写到梦醒，空间之辽阔，真幻之交叠，造成意境之迷离空灵，幽怨凄美，深沉隽永。继以夜深人独倚栏，珠泪泫流的画面作结，含蓄不尽，使情意婉转回延，余韵悠远。

相见欢

李煜

林花谢了春红，太匆匆。无奈朝来寒雨晚来风。

胭脂泪，留人醉，几时重？自是人生长恨水长东。

【赏析】

此词借咏春花之凋亡，而引发人生憾恨之叹，叙景言情，暗寓亡国之恨。

首句写春花已经凋谢，“太匆匆”三字如沉重的叹息，饱含着无限的留恋和遗憾。“无奈”句，则将后主所感人无力自主自身命运的哀感，融注于花朵遭受风雨摧残的描写中。“胭脂泪”形容风雨飘摇中雨水顺着殷红的花瓣淌落而下，宛如花儿哭泣的眼泪。其情其景，凄艳无比，令人观之心碎。花如此，而人又如何？又何能免受不幸的折磨、衰亡的命运？词人长叹道：“自是人生长恨水长东”。人生在世，总有无尽的憾恨相伴随，如水之滚滚东去，永无休止。结句低回抑叹，沉郁悲切，催人泪下。此词以白描手法，凝炼明净的语言，传达出深哀婉曲之情愫，洗尽铅华，毫无雕饰，却耐人寻味，具有不朽的艺术魅力。

相见欢

李煜

无言独上西楼，月如钩。寂寞梧桐深院锁清秋。

剪不断，理还乱，是离愁。别是一般滋味在心头。

【赏析】

此词写后主被封“违命侯”，幽居开封时的心境。

盖情至深处，便非言语所能表述。后主身历亡国之痛，成为阶下之囚，其内心之沉痛非他人能够了解，更无法向他人倾诉，因此只能默默无言。所

谓此处无声胜有声，“无言”之痛，“更胜于痛哭流涕者也”。词人登上高楼，眼前是一幅凄清无比的图画：月如一弯银钩，幽幽清辉洒梧桐，重门深院，悄寂无人，置身其中，孤独之感如大山般向人压来，令人窒息。想当年“春殿嫔娥鱼贯列”“车如流水马如龙”，而“一旦归为臣虏”，便好似深锁重院之中的寂寞梧桐，身心俱不得自由，尝尽了凄苦。愁思如乱麻一样，“剪不断，理还乱”，苦涩的滋味难以道得清，故只说“别是一般滋味在心头”。明代沈际心赞赏此句道：“七情所至，浅尝者说破，深尝者说不破。破之浅，不破之深。”宋代黄升《花庵词选》评说：“此词最凄婉，所谓‘亡国之音哀以思’也。”

浪淘沙

李　煜

往事只堪哀，对景难排。秋风庭院藓侵阶。一任珠帘闲不卷，终日谁来？

金锁已沉埋，壮气蒿莱[1]。晚凉天净月华开，想得玉楼瑶殿影，空照秦淮。

【注释】

〔1〕壮气：代指王气，指象征帝王运数的祥瑞之气。蒿莱：野草。

【赏析】

首句直抒哀思，说过去的美好生活如烟而逝，无论是回忆，或是赏景，都难以排除心中的哀痛。“秋风”句写庭中苔藓斑驳，已经侵延到了台阶之上，可见人迹罕至。据《默记》卷上载，李煜归宋后，“有旨不得与人接”，过着幽囚的生活，与当年臣妃环侍、车辇相从的盛况相比，真乃一个天上，一个地下。

“金锁已沉埋”用的是三国时吴国以铁链锁长江，企图阻止西晋的进攻而不成的典故；“壮气蒿莱”指象征着帝王运数的祥瑞之气已湮没于野草丛中。“晚凉”句写眼前之景，天上月亮大放光彩，令词人联想到故国宫阙在月辉映照下的情景。“空照”言其寂寞荒凉。结句意象清疏，意境阔大，笔触苍凉。

王国维说：“词至李后主而眼界始大，感慨遂深。”

江 城 子

韦 庄

恩重娇多情易伤，漏更长，解鸳鸯[1]。朱唇未动，
先觉口脂香。缓揭绣衾抽皓腕[2]，移凤枕，枕潘郎[3]。

【注释】

〔1〕解鸳鸯：解鸳鸯带（一种衣带）。

〔2〕绣衾：绣花被。

〔3〕潘郎：晋朝潘岳仪容秀美，后人因以“潘郎”代指美男子。

【赏析】

明汤显祖曾评这首词道：“全篇摹画屏境，而咏赏其流连狼藉，言简而旨达矣。”不管它是摹绘画屏也罢，描写实景也罢，以传统的文学批评眼光来看，其内容正属于所谓的“艳情词”。“情深语秀”如韦庄者，尚脱不了香软秾丽、温柔缱绻，“词为艳科”之说由此可见一斑。

描写男女欢情，“花间派”诸君皆为个中行家里手，有些描写甚至精细得近似轻薄。韦庄的这首《江城子》写得不可谓不恣情，但不轻狂。首句“恩重娇多情易伤”是一句极洞晓世相、善解人意语，况周颐对此有评：“此语非于情中极有阅历者不能道。”恩爱深重、娇憨无忌的情人在感情上往往更容易受到伤害，这里写出了一种“双向”的情感：男子对女子的宠爱和女子对男子的痴恋。就此一句，全词的情感基调便大不同于一般意义上的艳情词，即往往太专注于对肉体之爱的兴趣与描写，而流露出一种阅尽世间情爱奥妙后的知解与感慨。接下来的几句以白描手法，极简约地描述了异性相悦、同衾共枕的几个动作片断。词中写人未作全面细致的画像，而只点“朱唇”，采用“通感”手法，将视觉形象转化为嗅觉表现；写态未作过多渲染、过细刻画，只以一连串的动词（“解”“揭”“抽”等），直接而有分寸地作了交待（这一点最是有别于温庭筠的精雕细刻）；要写情，则有放有收，尺幅千里，只最后一句，便将情人间的恣情任性写得淋漓尽致。情态本身很放肆，但描写的笔墨却极收敛。

韦庄的时代，正是词由幼年走向成熟的时期，词所担负的内容使命单一而纯粹，樽前月下，遣兴娱宾；词的艺术表现手法也还不甚自觉，呈现为质朴明朗的美。《江城子》这首词正可让你领会到这种词的“原初形态”。

思帝乡

韦　庄

春日游，杏花吹满头。陌上谁家年少[1]、足风流[2]？
妾拟将身嫁与、一生休[3]。纵被无情弃，不能羞[4]！

【注释】

〔1〕陌上：街上。

〔2〕足：够，十足。

〔3〕妾：古时妇女的自谦之称。

〔4〕不能羞：不以此为害羞。

【赏析】

清代贺裳《皱水轩词筌》里评这首词说："小词以含蓄为佳，亦有作决绝语而有妙者。如韦庄'陌上谁家年少、足风流？妾拟将身嫁与、一生休。纵被无情弃，不能羞！'是也。"确实，比起文人词的某种矫情与作态，韦庄的这首《思帝乡》有着民歌般的热烈、坦率，爱情在这里被赋予非凡的勇气，含蓄的期待让位于大胆的宣言；女性的形象不再伤于病弱幽怨，扑面而来的是天真烂漫、开朗爽快、激情洋溢。

上阕以清丽的笔调，为男女主人公的相遇提供了一个非常优美的环境氛围。这是爱情萌发的契机。先看前两句：正是春天，轻风剪剪，杏花飘坠如雨，纷然落满游人的发际。这是一幅充满诗情画意的动人景致，作者虽只用写景之笔，但人物的活动已隐含其间，我们从这句词里不难读出那掩映于杏花簇中的"她"。由此，接下来的后两句就有了落笔的前提，这是从女性的眼光看过去，引出"陌上"翩翩美少年的。一个"谁家"，表明进入视线的少年已经引起女子的注意和猜测；而"足风流"则显然流露出女子对他的欣赏与爱慕。

下阕通过女主人公"决绝"的语气，表现自己对"陌上少年"情有独钟、"死心塌地"的态度，这是爱情的高潮。游春的偶然相遇，竟触动了少女久闭的芳心，一句"妾拟将身嫁与、一生休！"表明了她急切的企盼和果能如愿以偿的巨大满足感；而"纵被无情弃，不能羞"的誓愿又表露出少女赤诚、纯朴的情怀和冲决礼俗的勇气。整个下阕可以说是一篇坦率的爱情心理独白，虽然只有两句，但一句一层，一层一转，情致极深，前一句尚在为能够将一生与"陌上少年"相连而喜悦，紧接着的一句却又想到了可能会发生的无情抛弃和自己的无怨无悔。满怀欣喜又不无隐忧却依然执着于爱，这是一种多么复杂的感情！尤其是，整首词俱是从女子的眼光、女子的心理写起，反映的是一种极其强烈的"单恋"。男子的心态如何，始终不得而知，这位天真少女的热烈与痴情就更令人动容。

《思帝乡》这首词看起来平缓如春水，却是尺水兴澜，一波三折。从春日出游时愉快而平和的心情，到幸遇陌上美少年的感情冲击，这是第一次冲突——人与环境的冲突，内心平衡受到破坏；从女子对男子的由慕而爱、爱极而忧，这是第二次冲突——自我的内心冲突；直至最后对自己若被抛弃的精神准备，和她对爱情的回答，将这种冲突推向高潮。全词感情虽回环曲折，语言却直白坦率，在五代文人词典丽绵密的作风中，别开一路，新人耳目。

菩 萨 蛮

牛 峤

玉楼冰簟鸳鸯锦[1]，粉融香汗流山枕[2]。帘外辘轳声，敛眉含笑惊。　　柳阴烟漠漠[3]，低鬓蝉钗落[4]。甘作一生拚，尽君今日欢。

【注释】

〔1〕玉楼：装饰华丽的楼房。冰簟：竹编的凉席。鸳鸯锦：绣有鸳鸯的绵缎被。

〔2〕山枕：两头较高、中间凹陷的枕头，因形态像山，故名山枕。

〔3〕漠漠：迷蒙不清的样子。

〔4〕蝉钗：古代妇女有一种发式叫蝉鬓，因蝉身黑而光润得名。蝉钗即指插在妇女鬓发上的头饰。

【赏析】

这是一首描写男女欢情的词。

五代文人词“艳品”很多，在一片莺莺燕燕、红香翠软中，各人又自有各人的路数。牛峤的这首《菩萨蛮》在内容上虽然平常，但在浅近平直中暗波迭起。

上阕开头两句为一般性描述，撷取几种精致的意象加以组合，意在表现闺阁特有的情调。这样的写法在“花间”词人中并不鲜见，如温庭筠“水精帘里颇黎枕，暖香惹梦鸳鸯绵”等。但这平淡的两句往往是由接下来的后两句赋予它特殊意义的，境界的大小也全在这前后一转。上述温庭筠词紧接“江上柳如烟，雁飞残月天”，由闺阁而至羁旅，境界一下扩大了许多，前面所写的闺中人自然也就成了“思妇”的形象。而牛峤的这首词接下来的两句是“帘外辘轳声，敛眉含笑惊”，境界虽不及温词，却使前面两句自有深意：女主人公的“粉融香汗流山枕”不仅仅是由于天气的炎热，更在于内心的骚动而引起的浑身燥热。这人物自然也就成了“怀春少女”的形象。从深闺绣阁的孤衾独卧到帘外传来的辘轳声是一大转折，它将女主人公由内心深层的某种憧憬推至骤然的情绪冲动，一句“敛眉含笑惊”有三层含意：“敛眉”是凝神聆听的专注，是对摇辘轳的究为何人的猜疑；“含笑”则是对某种熟稔的“暗号”的会意与兴奋；这“惊”的又是什么呢？有将要见面的惊喜，恐怕还有将赴密约的惊惧。一句话浓缩了这么幽曲复杂的心情，词人描写内心活动的 功夫真是令人叹为观止。读者这时也被引至一处风景秀丽的半山腰，真有些欲罢而不能了。

下阕紧承上阕，由户内的心理变化转写门外的活动环境。“柳阴烟漠漠”是一过渡句，自然巧妙，富有深意。柳色如烟，迷迷蒙蒙，这既是闺门外的自然景象，也暗示出女子的心情交织着惊喜与不安、兴奋与迷惘，深带着迷离恍惚之感。接下来的“低鬓蝉钗落”，细致生动地写出女子的羞怯与慌乱。这是对男女相悦的进一步描写。至“甘作一生拚，尽君今日欢”，写女主人公的自我表白，极为恣肆狂放，前人评此“是尽头语。作艳语者，无以复加”，全篇情绪至此达到高潮。

王国维《人间词话》论曰：“词家多以景寓情，其专作情语而绝妙者，如牛峤之‘甘作一生拚，尽君今日欢……’”清人贺裳也曾将牛峤的这句“尽头语”与韦庄“妾拟将身嫁与，一生休。纵被无情弃，不能羞”等相提并论。其实，“情语”也有多种，别的不说，就拿韦庄词中所表现的这种决绝的态度看，也包含着与牛峤词截然不同的情愫，如果说韦词尚含有女性对男性一种大胆的情爱，那么牛峤这首词则是赤裸裸地对男女肉体之爱的礼赞，带有明显的齐梁宫体诗遗风。

江　城　子

张　泌

窄罗衫子薄罗裙，小腰身，晚妆新。每到花时[1]，长是不宜春。蚤是自家无气力[2]，更被伊[3]，恶怜人[4]。

【注释】

〔1〕花时：花开时节，指春天。

〔2〕蚤：通“早”，本来之意。

〔3〕伊：第二人称之辞，犹云君或你。

〔4〕恶怜：尽情怜爱之意。恶，副词，甚，很，常用于诗词曲中。怜：爱。

【赏析】

这首词写的是一位青年女子在繁花似锦的春天感伤幽怨的情绪，以及她对所爱男子娇情嗔怪的憨态。

首句以清丽简淡的笔墨，描画出一位风姿绰约、窈窕媚人的女子形象。“晚妆”二字既点明具体时间（傍晚），又为下面感情的触发设下环境氛围：暮云渐合，花影婆娑，寂寞闺阁最易令芳龄女子自叹自怜，黯然神伤。由此自然而然地引出下面两句：“每到花时，长是不宜春。”花开时节，本是万物舒展、生机萌发之际，年轻女子却觉身体慵倦，心情郁闷。这种幽怨感伤的情绪既是中国传统诗歌里不厌其烦加以表现的题材，也是封建社会女性普遍的心理现象。但在这首词中，这种“伤春”情绪不是笼罩全篇的基调，而只是一瞬间短暂的浮现，因为紧接着的两句，使读者明白了前面所写的“晚妆新”对这位女子而言并非毫无目的的举动，她的伤感与幽怨也不是漫长无望的期待。“蚤是自家无气力，更被伊，恶怜人”正说明这位女子的感情已经有了寄托的对象。结句以女主人公的口吻，将她半羞半恼、又喜又怨的心情描写得极为生动。比起其他描写男欢女爱的词作中那些以“决绝”态、“尽头语”放纵自我的女性形象来，张泌笔下的这位女子表现得似乎更含蓄、更传统。

这首词最大的艺术特点就是语言的俚俗化（民歌化），词的最后一句尤为显著。陈廷焯曾批评张泌另两首《江城子》词“惜语近俚”。其实，这种将文人词的曲丽还原为民间词的俚俗的作词之法，正表明了张泌可贵的创作精神。

生 查 子

牛希济

新月曲如眉，未有团圞意[1]。红豆不堪看，满眼相思泪。　　终日劈桃穰[2]，人在心儿里。两朵隔墙花，早晚成连理[3]。

【注释】

〔1〕团圞(luán)：月圆。又有团聚之意。

〔2〕桃穰(ráng)：指桃核里面的仁儿。"穰"同"瓤"。

〔3〕连理：异根草木，枝干连生，称为"连理"，古人认为是吉祥之兆。比喻相爱的夫妻。

【赏析】

这首词通篇借物寓意，设喻抒情，写爱人间的相思苦恋之情。拣尽《花间》诸作，如牛希济《生查子》之情真语挚、深诉心曲者，殊不多见。吟之令人有爱不释"口"之感。

上阕以"传情入景"之笔，抒发男女间的相思之苦。作者借"移情"笔法，赋予视野中的客观景象以强烈的主观情感，使天边新月、枝上红豆都染上别离相思的情愫。"新月曲如眉，未有团圞意"，明为写月，实则喻人，作者以眉比月，正暗示出相思人儿因不见团聚而双眉紧蹙，郁闷不欢的愁苦之态。"红豆"本是相思的信物，但在离人的眼里却是贮满了忧伤，令人见之落泪。一弯新月，数枝红豆，词人撷取传统的寄寓人间悲欢离合、别离思念之情的两种意象，表达出了对爱人的无限深情和思之不得的痛切缺憾。

就内容而言，下阕为上阕之顺延；就感情的"走向"而言，二者又有着微妙的差异。如果说上阕中写相思还只是借助于意象的寄托，情感的附着还比较虚幻，词中的情绪基调也是一种充满残缺感的低沉，那么下阕中的情感就相对地落到了实处，词中流露着的是充满希冀的向上的基调。"终日劈桃穰，人在心儿里"，一语双关，看似百无聊赖的行为，正寄托着主人公对心上人丝丝缕缕的情爱和日复一日的期盼。"两朵隔墙花，早晚成连理"更表明了对爱情一定有结果的信心，尽管花开两朵，一"墙"相隔，但相爱的人儿终将冲破阻碍，喜结连理。整首词写得情致深长，"淋漓沉至"。

这首词在艺术上的一个显著特色，就是极其自然地运用了南北朝民歌中的吴歌“子夜体”，以下句释上句，托物抒情。论词家评曰：“妍词妙喻，深得六朝短歌遗意。五代词中希见之品。”

中兴乐

李珣

后庭寂寂日初长[1]，翩翩蝶舞红芳[2]。绣帘垂地，金鸭无香[3]，谁知春思如狂。忆萧郎[4]，等闲一去[5]，程遥信断，五岭三湘[6]。　休开鸾镜学宫妆[7]，可能更理笙簧[8]。倚屏凝睇[9]，泪落成行，手寻裙带鸳鸯[10]。暗思量，忍孤前约[11]，教人花貌，虚老风光。

【注释】

〔1〕寂寂：清静无声、冷落寂寞的样子。

〔2〕红芳：鲜花。

〔3〕金鸭：金属制的鸭形香炉。

〔4〕萧郎：本指梁武帝萧衍。后泛指女子所恋的男子。

〔5〕等闲：随便。

〔6〕五岭三湘：形容远隔千山万水。五岭：山名，所指说法不一，如大庾、骑田、都庞、萌诸、越城五岭。这里泛指南方的山脉。三湘：亦说法不一，古代诗文中的三湘，多泛指今洞庭湖南北、湘江流域一带。此处泛指南方之水。

〔7〕鸾镜：饰有鸾鸟图案的梳妆镜。宫妆：宫女的装束。

〔8〕可能：岂能，怎能。理：演奏。

〔9〕凝睇(dì)：注视。

〔10〕裙带鸳鸯：即鸳鸯裙带。

〔11〕孤：在这里用如“辜”。

【赏析】

这是一首描写闺中少妇春日思夫的词。

上阕写男子的远别。首两句摹写春景：正是白天开始变长的早春时节，寂静空落的庭院，群芳吐艳，蝴蝶翻飞，追花逐蕊。这里庭院的冷清与花、蝶的繁闹形成两种景观的反差，为下面触景生情、睹物思人的感伤情绪埋下了伏笔。次三句写闺中情境：绣帘未卷，香炉不燃。散漫的生活方式折射出女主人公情绪的消沉，一句“谁知春思如狂”，揭示出了这位少妇内心的情感波澜，也是对

前属所写的“蝶恋花”景象的内心回应。下几句写男子的远别，“等闲”二字既写出男子抛家远行的轻率，也含蓄地表达了少妇的幽怨。“程遥倍断，五岭三湘”，极写离人的远不可及和思盼夫君的少妇伤心无望，情致深长。整个上阕写景抒情水乳交融，词笔回旋，跳跃很大。

下阕写少妇的愁情。首写少妇百无聊赖的情状，以无心装扮，不理笙簧带写出“悦己者安在”“知音者不赏”的悲哀心情，投以曲笔，寓以深情。次写少妇思君的悲伤，起于“倚屏凝睇”，结以“裙带鸳鸯”，孤单无依的境况与双宿双飞的鸳鸯两相对照，怎能不令少妇愁情难禁，伤心落泪！结句写少妇对男子不归的幽怨和对自己韶华渐逝的无奈，有“思君令人老，岁月忽已晚”之叹。整个下阕虽纯为抒情笔致，但一波三折，起伏有致。

读此词，可见北宋词体格之端倪。

更漏子

毛文锡

春夜阑[1]，春恨切，花外子规啼月[2]。人不见，梦难凭，红纱一点灯。　　偏怨别，是芳节[3]，庭下丁香千结。宵雾散，晓霞辉，梁间双燕飞。

【注释】

〔1〕夜阑：夜深之意。阑：晚，将尽。

〔2〕子规：鸟名，即杜鹃，传说为古时蜀望帝杜宇死后所化，叫声凄厉。

〔3〕芳节：美好的时节。这里指春天。

【赏析】

这首词写“春宵怨别”。

上阕写孤况。起首以深婉凄恻之笔，描写闺人春夜独居的情境：夜深人静，孤衾独卧，幽恨绵绵，难以成寐，此极写女子的愁苦辗转之况。词人以一句“花外子规啼月”，渲染出孤独凄清的气氛。子规鸟传说为蜀望帝杜宇死后精魂所化，叫声哀绝凄厉，常用作唤归的象征。寂静长夜，深闺孤守，听子规月下哀啼，声声泣血，此种境地，情何以堪！真是“相逢相见知何日？此时此夜难为情”。接下来的三句为一层，抒写孤独无依的苦况：长夜漫漫，情恨绵绵；人已杳杳，纵是梦里相见，又何足依！伤心之情，无以复加矣。“红纱一点灯”不独意象凄艳，且情感哀颓之至，将闺人的无限情思凝结为这暗夜中的一盏红纱灯，给寂寞以希望之光，却又给希望以飘摇之感，让人体味到一种深切的感动和忧伤，同时也创造出一种幽深的词境。诗人陈廷焯读之甚至“瞠目呆望”，“失声一哭”，谓“五字五点血”，足见其艺术震撼力。

下阕写怨别。首以回环之笔，追忆别时情景，三句两层意，一层一写法：“芳节”既点明分别的时间，又是一种反写的笔法，用美好的春景反衬情人的分别，愈感忧伤难禁，此所谓“乐景写哀”之法；至“庭下丁香千结”，则为正属烘托，明为写影，暗是抒情，以丁香花蕾的繁盛密集比喻情人相别时心情的悒郁不开，同时也抒写目前愁情的难以排遣；作为下面句子的过渡，巧妙自然，天衣无缝。紧接着的三句，通过时空转换，由追忆别时情节回叙春宵之怨，但作者这时已不再写“夜景”，而写“晓霞”，这种时间上的“断层”实际上体现了一种极为凝炼、容量丰富的表达方法，已见曙色正说明一夜未眠，虽不云愁而愁情自见。结句“梁间双燕飞”，既写实景，又含祈愿，也借以反衬自己的形影相吊，孤寂独立。真是一石双鸟，余韵无穷。

《栩庄漫记》对这首词给予很高评价，云：“文锡词质直寡味，如此首之婉而多愁，绝不概见，应为其压卷之作。”

玉 楼 春

魏承班

寂寂画堂梁上燕[1]，高卷翠帘横数扇。一庭春色恼人来，满地落花红几片。　　愁倚锦屏低雪面[2]，泪滴绣罗金缕线[3]。好天凉月尽伤心，为是玉郎长不见[4]。

【注释】

〔1〕寂寂：清寂、冷落之意。画堂：堂名，本在西汉未央宫中，后泛指有画饰的厅堂。

〔2〕锦屏：用丝织品制作的屏风。也作屏风的美称。

〔3〕金缕线：金丝线。

〔4〕玉郎：古时对青年男子的美称。也作女子对丈夫或情人的爱称。

【赏析】

这是一首描写春日闺愁之作。

上阕总写春景。前两句先叙“内景”：画堂寂静，梁燕呢喃；翠帘高卷，数扇横陈。词人将闺中景致写得有动有静，声画相偕，意态娴雅。后两句写“外景”：“一庭春色恼人来，满地落花红几片”，既对庭院春色进行了具体的描写，也与前两句纯客观的写景不同，景中寓情，自然引出女子的心理活动，为下阕的抒发愁情作了铺垫。“恼人”二字最妙，它以拟人手法，将不谙人事的春色写得那么多情而又无情：春去春来，年年如此，这本是自然规律，谁也将它奈何不得，但在伤离怨别的闺中女子的眼中，这“自作多情”光顾庭院的春色对自己不啻是无情的嘲弄：春色虽好，谁人共赏？如此春色，怎能令人不恼？真是极富意趣之笔。

下阕写愁情。前两句描写女子悲愁之状：低头伫立，泪湿衣襟，摹形状态，真切动人。然此时尚有“但见泪痕湿，不知心恨谁”之意，至末两句则点明女主人公之所以烦恼忧愁、伤心落泪之因由：“为是玉郎长不见。”既照应上阕之“春色恼人”，又为全词作结。

陈廷焯评此词“凄警”，“语言爽朗”，然毕竟有些浅直，尤其是结句，正如《栩庄漫记》所云：“说到尽头，了无余味。”

浣　溪　沙

顾　夐

春色迷人恨正赊[1]，可堪荡子不还家，细风轻露著梨花。　　帘外有情双燕飏，槛前无力绿杨斜，小屏狂梦极天涯[2]。

【注释】

〔1〕赊：诗词中用“赊”有相反二义，一为有余，一为不足。这里为前义。

〔2〕极：到，达。

【赏析】

这首词描写一位妇人对久出不归的爱人又恼又恨又思念的复杂感情。

上阕写春景媚人，触动闺人情思。首句点明情思萌发的季节和闺中妇人的心情。同样是写春色，但与魏承班“春色恼人”句相比，顾词又是另一种笔法，著以“迷人”二字，正说明女主人公对春天的热爱之情；缀以“恨正赊”，则表明她内心的矛盾与憾恨：春光虽美，人事堪恼。这就为读者设下了悬念：所“恨”者何也？下一句“可堪荡子不还家”紧承上句之意，既回答了“恨”的原因在于爱人的久出不归，而“可堪”二字又加强了语气，在感情的表达上更进了一步。“荡子”之谓有爱有恨，有嗔怨有无奈，感情复杂，很有意味。至“细风轻露著梨花”，则以清丽明快的笔调，写出早春特有的情境，为闺人情思的触动创造了形象生动的空间背景，前人评其“巧做可咏”。在笔法上，这后一句使得作者于前两句的情致绵密中间以清疏之笔，整个上阕的词境因之而扩大。

下阕顺承上阕末句之笔法，接写归前景况，借以表达闺人对爱人的幽怨。前两句看似写景，实则抒情；明为状物，暗中喻人。前写燕子尚能成双成对，是为有情，读者自会读出它的潜台词：“荡子”出行，妇人独居，可谓无情！后写门前绿杨，无力倾斜，又使人联想到愁思带给闺中人的憔悴消瘦，闺人念远的苦思可以想见。结句以“梦极天涯”抒写少妇对爱人的魂牵梦绕，情致深长，意韵无穷。整个下阕在章法上从疏到密，与上阕的由密至疏形成回旋之势，颇具错落之致。

荷　叶　杯（其四）

顾　敻

记得那时相见，胆战，鬓乱四肢柔。泥人无语不抬头[1]，羞么羞，羞么羞？

【注释】

〔1〕泥人：形容人的呆状。

【赏析】

这首词描写的是一位年轻女子与情郎初次见面时的娇羞情状。体制虽短，颇有韵致。

开篇以“记得”二字领起，是以追忆方式叙述相见情景。紧接着的两句以极细腻柔婉的笔触，刻画女子与情郎相见时又胆怯又慌乱的神情。“胆战”从内心体验写出，将一位久居深闺的女子初赴密约时的紧张心理写得极为生动逼真。“鬓乱”是从外部形态写，暗示出约会时的狂热。“四肢柔”则又从身体感觉入笔，写女子约会时的娇软无力；一个“柔”字入木三分。寥寥数字，词意密丽，描写细致入微，真令人叹赏不绝。词写至此，是从女子角度着笔。随后词笔一转，通过男子眼光来表现女子情态："泥人无语不抬头"，形容女子当时含羞带怯、手足无措、低头不语的神态，极尽其妙。结句尤其来得别致："羞么羞，羞么羞？"表现男子对女子的逗趣，以重叠手法连用两个通俗化口语的问句，活泼生动，颇为风趣。正如况周颐所评，顾敻词即便是描写艳情，亦"多质朴语"。

这首词在语言上具有民间词质朴爽朗的风格；在写法上虽纯为白描，然极尽曲折之妙，刻画小儿女情态尤为真切动人。

荷叶杯（其六）

顾　敻

我忆君诗最苦，知否？字字尽关心。红笺写寄表情深[1]，吟么吟，吟么吟？

【注释】

〔1〕红笺：一种精美的小幅红纸。多作名片、请柬或题诗词用。

【赏析】

这首词通过一位女性的口吻，抒发情人间的思恋之情。词的题材很平常，但表现的角度却很有新意。

首句"我忆君诗最苦，知否？"开门见山，直抒胸臆，写女子对自己的爱人倾诉心曲：我回忆您的诗时最为苦心，知道么？这里词人采用第一人称的叙事方式，将抒情主人公置于突出位置，缩短了读词时的"距离感"，使读者仿佛在面对面倾听女主人公吐露心曲。一个"苦"字，足见这位女子对爱人的一往情深，同时也引读者思索："苦"者缘何？词人在这里为女主人公"设计"了一条别致新颖的抒情途径：通过对诗的追忆来寄托对人的思念，一者读诗如读人，二者这"忆诗"的过程也能使女主人公自己的情感渴望得到宣泄和满足。所以，待下一句的"字字尽关心"一出，读者自会明白前面的女主人公何以有"忆诗之苦"，原来是这位男子的诗字字句句关乎他对女子的深爱之心，"一枝一叶总关情"啊！此五字真乃透骨之情语。

以上写女子对爱人之诗的追想回味。自"红笺写寄表情深"句起，则转写女子以"红笺题诗"寄与爱人，以表一片爱恋之心，这既表达了男女间感情的深长，在词笔上又富有转折深入之妙，使短小的词章荷载了较大的艺术容量。结句也是两个重叠问句："吟么吟，吟么吟？"是女子对爱人的探询，也是情感抒发的余韵，读来情韵绵延，意味深长。

玉　楼　春

孟　昶

冰肌玉骨清无汗[1]，水殿风来暗香满[2]。绣帘一点月窥人，欹枕钗横云鬓乱[3]。　　起来琼户启无声[4]，时见疏星渡河汉[5]。屈指西风几时来，只恐流年暗中换。

【注释】

〔1〕冰肌玉骨：形容女性肌肤莹润光洁。

〔2〕水殿：水边的宫殿。

〔3〕欹：倾斜。云鬓：形容女子头发浓密如云。

〔4〕琼户：玉饰的门户。形容居室之美。

〔5〕河汉：银河。

【赏析】

这首词为后蜀后主孟昶与花蕊夫人夏夜纳凉摩诃池上所作。全词描写避暑佳境，抒发迟暮之感，极得词家三昧。仅此一首，便为蜀主在词坛赢得一席不寻常的地位。

上阕描写夏夜避暑之境况。首句写相与纳凉之良伴。用“冰肌玉骨”形容女性，可谓超脱尘俗之笔；炎炎酷暑，身边伴有这么一位清雅宜人的女性，真让人望之爽然，心旷神怡。次两句“水殿风来暗香满。绣帘一点月窥人”描写周围环境的清幽宜人：水风轻拂，暗香萦绕，绣帘半卷，明月照人，一派清凉幽静、赏心悦目之境界。历历佳境，层层道来，使人如同亲见。此不脱“写境”之笔。末句“欹枕钗横云鬓乱”，连用三个动词，将花蕊夫人乘凉时恣意、慵散的情态写得极为自然、细致。

下阕抒写惜时伤逝之感。前两句“起来琼户启无声，时见疏星渡河汉”，紧承上阕写景之笔，继续渲染夏夜深静之景：琼户无声，疏星几点，唯见河汉横天，一片幽茫。此由写室内之静谧过渡到写夜空之杳静，是以“起来”“启”两个动词领起带过，完成了场景的转换和抒情氛围的过渡。因而，接下来的“屈指

西风几时来，只恐流年暗中换"，便转为抒情笔致，表现主人公的思绪与感慨：酷暑难耐，不知西风何日来消此苦热，然西风既来，则已至凉秋，又叹流光暗逝，不觉涌起迟暮之感。心事浩茫，委婉道来，有一喟三叹之妙。

全词层次分明，音节谐婉，尤能道实，一任自然，诚为词家之大手笔。

浣　溪　沙

欧阳炯

相见休言有泪珠，酒阑重得叙欢娱〔1〕，凤屏鸳枕宿金铺〔2〕。　兰麝细香闻喘息〔3〕，绮罗纤缕见肌肤〔4〕，此时还恨薄情无？

【注释】

〔1〕酒阑：酒将喝完的时候。

〔2〕凤屏：绣有凤凰图案的屏风。鸳枕：绣有鸳鸯图案的枕头。金铺：本指门上兽形铜制环钮，用以衔环。这里形容铺设华丽的床铺。

〔3〕兰麝：兰与麝香，皆香料。

〔4〕纤缕：指丝绸衣服上细密的纹理。

【赏析】

这是一首描写男女欢情的"艳词"。

上阕写儿女情态："相见休言有泪珠，酒阑重得叙欢娱"，写曾或有过龃龉，不欢而散的一对情人重见时的欢快之情和互解之心。前一句是说闹别扭时男子的负气一去，定惹得伤心人儿独坐垂泪；此番重又相见，女子欢喜自不用说，或许心里还有些未解开的小疙瘩，而一句"休言有泪珠"，也许是男子对女子的温存劝慰，也许是轻松调侃；后一句则见出女子的转怨为喜，破涕一笑，前嫌尽释。语言浅显而诙谐，描写真切动人，疏疏几笔，小儿女情态毕现。

下阕写男女欢情。前两句描写男欢女爱之情景，词笔细致，但有失纤巧。结句"此时还恨薄情无？"由精细的描述变而为询问的语气，在作法上有曲折之妙，在情致上有回想之味。

前人对此词评论不一，况周颐谓"自有艳词以来，殆莫艳于此矣"（《蕙风词话》卷二）。《栩庄漫记》则云："叙事层次井然，叙情淋漓尽态。而着语尚有分寸，以视柳七黄九之粗俗不堪，自有上下床之别。"

应天长

孙光宪

翠凝仙艳非凡有[1]，窈窕年华方十九[2]。鬓如云，腰似柳，妙对绮筵新醁酒[3]。　　醉瑶台[4]，携玉手，共宴此宵相偶。魂断晚窗分首[5]，泪沾金缕袖。

【注释】

〔1〕非凡有：不是人间所有。

〔2〕窈窕：形容女子文静而美好。

〔3〕绮筵：形容华贵、丰盛的筵席。 醁(lù)酒：一种美酒。

〔4〕瑶台：美玉砌成之台。本为传说中神仙所居，用以比喻楼台之华丽。

〔5〕分首：别离。

【赏析】

这首词描写的是一对相互钟情的男女乍遇即别的情景。词人以简炼概括的笔法，撷取几个不同侧面，为我们勾勒出一个很有些戏剧意味的、短暂而完整的“恋爱故事”。

上阕写“初遇”。先写歌伎容貌的美丽和体态的婀娜，次叙她在宴会上的轻歌曼舞，点出这对情人相识的特殊场合。首两句“翠凝仙艳非凡有，窈窕年华方十九”，总写歌女的明艳照人，超凡脱俗和妙龄年华，这是概括的笔法。接下来的“鬓如云，腰似柳”转为细致地刻画，突出描写歌女头发黑亮浓密，若乌云堆聚；腰肢纤细柔软，似风摆弱柳。这是从“微观”角度入笔。末句“妙对绮筵新醁酒”，又转为“全景式”描述：侍筵盛宴，宾客满座；美酒交杯，妙曲仙音。这样的情境就为男女主人公情感的触发铺写了时空背景。整个上阕词笔转换自如，描写疏密相间，各尽其致。

如果说上阕写的是爱恋之“序曲”，那么下阕就该写这种情感的“发展”与“高潮”了。“醉瑶台”既与上阕语脉相属，又为下阕的抒情创设了道路：“醉”者既在酒，其意更在人，所谓“酒不醉人人自醉”，处喧闹之境而情有独钟，虽身在凡间而其神已似飞入仙境。这是情感的“升温”。至“携玉手，共宴此宵相偶”笔致又深了一层，将感情逐渐推向高潮：以心相许，其情炽热。孰料下面笔锋陡然一转，欢愉之情尚未尽兴，“晚窗分首”却已在即，其情其境怎不令人魂销肠断，泪飞如雨！这一转正所谓一石激起千层浪，既写出了情感的波澜，也造就了句式的起伏。前面所写一派欢情洋溢，末句却宕开作结，转写别离之悲情，与前面形成落差，在读者心灵上造成一种强烈的遗憾与惋惜，具有深刻的艺术感染力。

御　街　行

离　怀

范仲淹

纷纷坠叶飘香砌[1]，夜寂静，寒声碎。真珠帘卷玉楼空，天淡银河垂地。年年今夜，月华如练[2]，长是人千里。　　愁肠已断无由醉，酒未到，先成泪。残灯明灭枕头欹[3]，谙尽孤眠滋味[4]。都来此事，眉间心上，无计相回避。

【注释】

〔1〕砌(qì)：台阶。

〔2〕练：洁白的绢。

〔3〕欹(qī)：倾斜。

〔4〕谙(ān)：熟悉。

【赏析】

这是一首抒发离别之情的词。春花秋月，最容易发人的情思。在这深秋之时，黄叶纷纷飘坠，天河横空，月华如水，思念起远在千里之外的亲人，愁肠已碎，无可奈何，借酒浇愁。残灯明灭，孤眠难寐，在眉间，在心头，总难消除这愁滋味。词中由秋声、秋色引出秋思，由秋思写出秋愁，最后归结为“都来此事，眉间心上，无计相回避”。一层一层，层层深入，情意深切，余味无穷。

玉　楼　春

宋　祁

东城渐觉风光好，皱縠波纹迎客棹[1]。绿杨烟外晓云轻，红杏枝头春意闹。　浮生长恨欢娱少，肯爱千金轻一笑。为君持酒劝斜阳，且向花间留晚照。

【注释】

〔1〕皱縠(hú)波纹：水波像皱纱一样。縠，绉纱一类的丝织品。棹(zhào)：摇船的用具，代指船。

【赏析】

这是一首广为传诵的词。上阕描绘春天的大好风光，“红杏枝头春意闹”堪称绝妙之笔。其中“闹”字用得神灵活现，它把红杏似火，如蒸云霞，芳香浓郁，蜂蝶闹闹嚷嚷，盘旋飞舞在花丛之中的春天景象，形容得淋漓尽致，给人无尽的想象，这即是诗家所谓的“诗眼”。王国维《人间词话》评论说：“着一‘闹’字，而境界全出。”下阕触景生情，作者觉得人生应及时行乐，千金买笑，“为君持酒劝斜阳，且向花间留晚照”是说应在花间月下，游宴饮酒，浅斟低唱，实是赏心乐事。

绵　缠　道

春　游

宋　祁

燕子呢喃[1]，景色乍长春昼。睹园林、万花如绣，海棠经雨胭脂透。柳展宫眉，翠拂行人首。　向郊原踏青[2]，恣歌携手。醉醺醺[3]、尚寻芳酒。问牧童、遥指孤村，道：“杏花深处，那里人家有。”

【注释】

〔1〕呢喃：燕子鸣叫声。

〔2〕踏青：春天到郊野游玩。

〔3〕醉醺(xūn)醺：形容醉态盎然。

【赏析】

这是一首游春词。它描绘了一幅阳光明媚、春意盎然的图画。燕语莺歌，花团绵簇，其中尤以形容海棠花经雨润似胭脂，柳叶如女子细眉，嫩丝长垂，轻拂人面，把园林中的春景描绘得惟妙惟肖。记述春游郊外处，“问牧童、遥指孤村，道：‘杏花深处，那里人家有。’”一句，借用晚唐杜牧杏花村诗，并翻得新奇有趣。

阮 郎 归

踏 青

欧阳修

南园春半踏青时，风和闻马嘶。青梅如豆柳如眉，日长蝴蝶飞。　　花露重，草烟低，人家帘幕垂。秋千慵困解罗衣，画堂双燕归。

【赏析】

这首游春词，上阕写踏青时候，风和日丽，游人如云。宝马香车，马嘶人欢，彩蝶飞舞，春意盎然。“青梅如豆柳如眉”一句，形象生动，既实写春景，又暗喻游春的佳人，颇得后世赞赏。下阕转入闺中，描写荡秋千的佳人娇态盈盈，春困慵慵，罗衣半解，画堂上双燕归来，俨然一幅图画。

临江仙

妓席

欧阳修

柳外轻雷池上雨，雨声滴碎荷声。小楼西角断虹明。阑干倚处，待得月华生。　　燕子飞来窥画栋，玉钩垂下帘旌[1]。凉波不动簟纹平[2]。水晶双枕，傍有堕钗横。

【注释】

〔1〕帘旌(jīng)：用下垂的彩穗装饰的帘子。

〔2〕簟(diàn)：竹席。

【赏析】

据《野客丛书》记载：欧阳修为河南府推官（郡守幕僚）时，郡守一日举行宴会，宴会上欧阳修与一官妓甚为亲密。郡守知道后，令官妓求欧阳修作词，以免责罚。欧阳修遂作了这首词以记此事，博得满座赞赏。词中上阕描写初夏景色：垂柳依依，轻雷阵阵，细雨滴荷。“阑干倚处”，一对情人在亲密私语，明月渐渐升起，月华似水，似闻喁喁情话。下阕写珠帘低垂，竹席生凉，“水晶双枕”，玉钗横斜，佳人睡态盈然，正是“梨花一枝春带雨”的形象。在这首短短的词中，写景、抒情、记事融为一体，使人不得不佩服作者高度捕捉形象的能力。

天仙子

送春

张先

《水调》数声持酒听，午醉醒来愁未醒。送春春去几时回？临晚镜，伤流景，往事后期空记省。　　沙上

并禽池上暝，云破月来花弄影。重重帘幕密遮灯。风不定，人初静，明日落红应满径。

【赏析】

这是一首伤春词。九十日春光易过春归去，春归何处？送春时总有一些伤感，把酒细听那几曲《水调》，更添几分忧愁。夜晚，对对禽鸟已经入睡，云破月来，花影扶疏，画堂中帘幕重重，灯光掩映。微风吹拂，夜阑悄声，料想明日该是落红满径吧。据《古今诗话》记载："有客谓子野（张先）曰：'人皆谓公张三中：即心中事、眼中泪、意中人也。'公曰：'何不曰之为张三影？'客不晓。公曰：'云破月来花弄影'，'娇柔懒起，帘卷压花影'，'柳径无人，堕絮飞无影'。此余平生所得意也。""影"字含蓄精深，溢于言表，正是后人学习之处。

剪 牡 丹

舟中闻双琵琶

张 先

野绿连空，天青垂水，素色溶漾都净。柳径无人，堕絮飞无影。汀洲日落人归[1]，修巾薄袂[2]，撷香拾翠相竞[3]。如解凌波[4]，泊烟渚春暝。　　彩绦朱索新整。宿绣屏，画船风定。金凤响双槽[5]，弹出今古幽思谁省。玉盘大小乱珠迸。酒上妆面，花艳眉相并。重听。尽汉妃一曲[6]，江空月静。

【注释】

〔1〕汀：水中或水边的平地。洲：水中可以居留的地方。

〔2〕修巾：长巾。修，长。袂（mèi）：衣袖。

〔3〕撷（xié）：采摘。

〔4〕凌波：在水面上踩水而行。

〔5〕金凤：琵琶的代称。响双槽：槽，琵琶上支弦的木格。响双槽表明有两把琵琶在演奏。

〔6〕汉妃一曲：指琴曲《昭君怨》。

【赏析】

这是一首意境非常美的词，它把读者引进了似蓬莱仙岛般的仙景中去，那里绿草绵绵，水天相衔，晚霞余晖，远望一群美丽的少女们裙袖飘动，彩巾飞舞，她们结伴采摘香草，拣拾鸟羽。她们的身影如同踩浮在水面上，随着水波上下荡漾，情景动人。下阕更为精彩，但见江面上烟波画船，酒肴罗列。两个美女弹起琵琶，仙乐悠悠，如诉似怨，这里的“玉盘大小乱珠迸”，套用了白居易《琵琶行》中的名句。一曲终了，重奏一曲《昭君怨》，人们沉浸在乐声之中。这时只见江天一色，皓月千里，令人回味不尽。

千 秋 岁

张 先

数声鶗鴂[1]，又报芳菲歇。惜春更把残红折。雨轻风色暴，梅子青时节。永丰柳，无人尽日花飞雪。莫把幺弦拨[2]，怨极弦能说。天不老，情难绝。心似双丝网，中有千千结。夜过也，东窗未白凝残月。

【注释】

〔1〕 鶗(tí)鴂(jué)：亦作“鹈鴂”，即杜鹃鸟。

〔2〕幺弦：琵琶的第四弦。

【赏析】

这是一首抒发幽怨情怀的词。上阕写鸟鸣、花落、雨打、柳絮飞，满目凄凉，愈添伤感，伤春更怀念情人。满怀情思无处诉说，寄托于音乐之中。下阕写忧郁产生的原因，借用弹琵琶来倾诉情中意、心中事、意中人，恰似“天若有情天亦老，此情绵绵无绝期”！这里“心似双丝网，中有千千结”一句，“丝”谐音“思”，此双关语比喻极为巧妙。“千千结”比喻解不开心中的纠缠烦忧，如乱麻有千万个结，用得绝妙。琼瑶的小说《心有千千结》一书名，就是来源于这首词。结尾的“东窗未白凝残月”一句，再次突出了主人公忧郁孤单的形影，恰见词作者的妙手点染。

更漏子

张先

锦筵红，罗幕翠。侍宴美人姝丽。十五六，解怜才。劝人深酒杯。　　黛眉长[1]，檀口小[2]。耳畔向人轻道：柳阴曲[3]，是儿家。门前红杏花。

【注释】

〔1〕黛：青黑色的颜料。古代女子用来画眉。

〔2〕檀(tán)：檀呈浅绛色，形容红艳的嘴唇。

〔3〕阴：同“荫”。

【赏析】

这首词描写了一位歌女的情态。她是个美丽的姑娘：黑黑的柳叶弯眉，红艳艳的樱桃小口，玉容花貌，楚楚动人；又描述了她的动作：轻盈穿梭斟酒；再写出了她的声音：细声轻言；她对词人表示爱慕并发出了大胆的邀请：“柳阴曲，是儿家，门前红杏花。”结尾这三句话将环境、时间、描述、话语、情感串连得紧凑传神，写得异常活泼而生动灵巧。能用平直明白的话语捕捉人物内心的情感，正是这首词的特点。

浣溪沙

晏殊

玉碗冰寒滴露华，粉融香雪透轻纱。晚来妆面胜荷花。　　鬓亸欲迎眉际月[1]，酒红初上脸边霞。一场春梦日西斜。

【注释】

〔1〕鬓亸(duǒ)：“亸”同“嚲”，指面颊两旁近耳的下垂头发。眉际月：古代女

子以黄粉涂在额上两眉之间，为圆形，是一种面饰，称眉际月。

【赏析】

这是一首描写富贵女子的艳词。上阕写夏日丽人的闺房中，一片静谧，白玉碗中盛着冰块，碗边凝滴着晶莹的水珠。盛夏酷暑，丽人香汗沁出，雪白的肌肤透出轻纱，粉光融滑，格外美丽。黄昏时候，丽人妆罢，只见芙蓉（荷花）如面，柳叶如眉，娇艳动人。下阕再进一步描写丽人的体态：鬓发低垂，掠近眉间的面饰，由于午间微微醉酒，脸如朝霞一样现出红晕。结句的“一场春梦日西斜”贯连全词，表明以上都是描写丽人夏眠的如画情景，妙不可言。

秋　夜　月

柳　永

当初聚散，便唤作、无由再逢伊面。近日来，不期而会重劝宴。向尊前，闲暇里，敛着眉儿长叹。惹起旧愁无限。　　盈盈泪眼，漫向我耳边，作万般幽怨。奈你自家心下，有事难见。待信真个，恁别无萦绊。不免收心，共伊长远。

【赏析】

风流才子柳永仕途失意后，终日冶游，过着偎红倚翠的放浪生活，这首俚词可为代表作。年轻时在汴京的一次宴会上，他与一个已经分手的歌伎不期而遇，重逢交谈终于达成谅解。这是一段悲欢离合的事，虽然只是宴会上这一场面，却将词人和她的恩恩怨怨写得细腻逼真。上阕先写彼此散后，突然相遇的神态。他认为没有缘由再与她合好，又见她席上强装笑颜，不时皱眉长叹，那楚楚动人的神态勾起他对旧日恩爱的缕缕情思。只见她双眼泪盈，不顾约束，在他的耳边倾吐着种种隐藏在内心的肺腑之言。而且她对他情感却始终专一。他表示要她“待信真个”，即割断了一切羁绊，他才“收心”，“共伊长远”对前番误会表示谅解后长远相爱。

柳永的俚词特色多方言口语，既通俗又妥贴而曲尽其意，这是他在接触市民口语中获得的。也因为他对市民观察入微，摹写人物的情态、语气及心理变化，才能如此下笔传神。

鹤　冲　天

柳　永

黄金榜上[1]，偶失龙头望[2]。明代暂遗贤，如何向。未遂风云便，争不恣狂荡。何须论得丧，才子词人，自是白衣卿相[3]。　　烟花巷陌[4]，依约丹青屏障[5]。幸有意中人，堪寻访。且恁偎红依翠[6]，风流事，平生畅。青春都一饷[7]，忍把浮名，换了浅斟低唱。

【注释】

〔1〕黄金榜：指考试寻取题名的榜。

〔2〕“偶失”句：偶然失掉状元的希望。龙头，指状元。

〔3〕白衣卿相：穿白衣的卿相。卿、相都是高级的官。古代没有做官的人才穿白衣。这里指做个“才子词人”。

〔4〕烟花巷陌：指妓女住的地方。

〔5〕丹青屏障：画有图画的屏风。

〔6〕恁：如此。偎红倚翠：指冶游。

〔7〕一饷：一餐饭的时间。

【赏析】

柳永在考进士落第后，写了这首《鹤冲天》词，坦率陈述自己的怨恨和意愿。据吴曾《能改斋漫录》记载，这首词曾经引起宋仁宗皇帝的愤怒和斥责。旨曰：“且去浅斟低唱，何要功名！”柳永因此失去了仕途上进的机会。

作者在前三句自慰说：落榜是偶然，暂时的失意不必论得失，青春易过，还是到青楼中去及时行乐。这里不难看出作者怀才不遇的情绪，是替自己解嘲。受到打击后，他心灰意丧，一任自己放荡，做个“才子词人”（也就是“白衣卿相”），何必要那些“浮名”呢？不如沉湎于“烟花巷陌”。他把沦落烟花为妓的女子当知己，她们唱他的词曲，也把他当知己。有“幸有意中人，堪寻访。且恁偎红倚翠，风流事，平生畅”。“忍把浮名”一句是无可奈何的决绝语，“忍”字中有辛酸，有蔑视功名利禄，也有对当时朝中执政的显贵们的不满。

斗 百 花

柳 永

煦色韶光明媚[1]，轻霭低笼芳树，池塘浅蘸烟芜，帘幕闲垂风絮。春困厌厌，抛掷斗草工夫，冷落踏青心绪，终日扃朱户[2]。　　远恨绵绵，淑景迟迟难度。年少傅粉，依前醉眠何处？深院无人，黄昏乍拆秋千，空锁满庭花雨。

【注释】

〔1〕煦：温暖，春光和煦。韶光：美丽的春光。

〔2〕扃(jiōng)朱户：关门。

【赏析】

这首词上阕写一位年轻女子被抛弃后，面对无限春光而伤感的寂寞情景。眼前是令人迷醉的景色：红白花树被轻轻笼罩上白纱般的云雾，碧水旁长着嫩绿的青草，池塘也笼罩着薄雾，塘边小楼帘幕遮垂，杨花柳絮随风飘舞。楼中的她对这样的大好春景却反倒困烦"厌厌"，这种苦闷忧郁的心情使她无心游戏，也无心去郊外踏青，大门终日紧闭着。下阕写思念情人而不得见的怅怨心情。"远恨绵绵，淑景迟迟难度"，她面对美好的景色反而感到时间缓慢难熬，是因有怨悔的绵长苦情。"年少"二句点明"远恨"原因，原先和她共眠的少年到何处去寻欢作乐了呢？她回顾往日的恩爱，又怨恨少年的薄情。无奈深院孤影一人，只有借打秋千排遣寂寞失望的愁绪，"空锁满庭花雨"，正是她被抛弃后飘零的写照。柳永善于层层铺叙借景抒情，本词是这种手法的代表作品。

迷 仙 引

柳 永

才过笄年[1]，初绾云鬟[2]，便学歌舞。席上尊前，玉孙随分相许。算等闲、酬一笑，便千金慵觑[3]。

常只恐、容易蕣华偷换[4]，光阴虚度。　　已受君恩顾，好与花为主。万里丹霄，何妨携手同归去？永弃却、烟花伴侣。免教人见妾、朝云暮雨。

【注释】

〔1〕笄(jī)年：笄，是古代用来束发的簪子。据《郑语》注："女十五而笄。"所以称女子许嫁之年叫笄年。

〔2〕绾(wǎn)：把头发盘绕起来打成结。

〔3〕慵觑(qù)：慵，懒。觑，看。即懒得一看。

〔4〕蕣(shùn)华：指朝开暮落的木槿花。这里指青春年华短暂。

【赏析】

这首词是一位歌伎的自白。柳永结识过不少歌伎，写下了许多关于这类题材的"艳词"，由于他深深地了解歌伎内心的悲伤，非常同情歌伎的不幸遭遇，将满腔的激愤凝于笔尖，为被蹂躏又被人鄙视的歌伎写下了一篇篇饱含血泪的申诉。

这位歌伎十六岁被迫梳妇人发束，开始卖笑生涯。酒席间任人戏弄凌辱，身子还要为王孙公子"随分相许"。她只希望珍惜情意的报答"一笑"，可是没有，只有被轻浮无情地玩弄，内心有无限的屈辱和辛酸。"常只恐"担心"蕣华"即青春年华像木槿花一样短暂，多么想寻找一位知音，得到理想的归宿。下阕"已受"句，指明她遇到了这位有情的"君"，心中泛起了波澜，把希望寄托在"君"身上。只要你带我走出火坑，我跟你到天涯海角。这是她的渴求和希望，这里我们仿佛听到深受迫害蹂躏的歌伎的哀求声。"永弃却、烟花伴侣"句，正是她的决心和誓言。

阮　郎　归

晏几道

旧香残粉似当初，人情恨不如。一春犹有数行书，秋来书更疏。　　衾凤冷，枕鸳孤，愁肠待酒舒。梦魂纵有也成虚，那堪和梦无！

【赏析】

这首词抒写思忆，但写作技巧上有独特之处：以几件事的对比，层层深入，把一个痴情汉子的一片痴心，从有一线希望步步紧逼到绝望，从而展示了恋情中的一种不可解脱的痛苦。"旧香"两句写留下的东西依然如旧，只是"人情"

却不如当初了。人不如物，但他怨而不怒。“一春”两句，写终于盼到一封信来了，寥寥数语不过是敷衍几句，关系已经冷淡。“衾凤冷”“枕鸳孤”“愁肠待酒舒”几句描写自己独处的孤冷，只有以酒浇愁。“梦魂”两句是说梦中的她已对自己冷冰冰，“我”已心死魂断，陷入了完全绝望的境界。

卜算子

李之仪

我住长江头，君住长江尾。日日思君不见君，共饮长江水。　　此水几时休，此恨何时已。只愿君心似我心，定不负相思意。

【赏析】

这首词在当时曾广为传唱，几乎家喻户晓。词中以通俗的民歌语言写情，极易演唱。和艳词相比，它自然清新；和多数缠绵含蓄的相思词相比，它以坦率、质朴的笔调表现出痴情女子的相思之情。自始至终用“水”联结“我”与“君”的感情长线。“我住长江头，君住长江尾”，“共饮长江水”喻隔离千山万水，相思是同样的。“共饮”一句使相思更不能自禁。转到“此水几时休”一句，大有“此恨绵绵无绝期”的余音。借江水悠悠不断，写有情人相思绵绵无期，只希望“君心似我心”，表明自己对爱情的忠贞不渝。《词林记事》载毛晋云：“姑溪词多次韵，小令更长于淡语、景语、情语……‘我住长江头’，直是古乐府俊语矣。”

薄　　幸

贺　铸

淡妆多态，更的的[1]、频回眄睐[2]。便认得、琴心先许[3]，与绾合欢双带。记画堂、同月逢迎，轻颦浅笑娇无奈[4]，问睡鸭炉边，翔鸳屏里，羞把香罗偷

解。　　自过了、收灯后[5]，都不见、踏青挑菜。几回凭双燕，丁宁深意，往来翻恨重帘碍。约何时再？正春浓酒暖，人闲昼永无聊赖。恹恹睡起，犹有花梢日在。

【注释】

〔1〕的的：此处为眼波不时注视的样子。

〔2〕眄睐（miàn lài）：斜望。

〔3〕琴心：是汉司马相如琴挑卓文君的故事，本词示以琴声达意。

〔4〕颦（pín）：皱眉。

〔5〕收灯后：元宵节后。

【赏析】

以“薄幸”为词调名，始见于贺铸这首词。在词的发展史上，历代的词评家和选词者也都很重视此词，它咏叹了男女恋情。在风和日丽的游春踏青的时光，他遇见了一位姿态娴雅的女子，还向他频频送来秋波，使他心猿意马。他判断是“以琴达意”，于是两人一见钟情。他结了同心结在她衣上，情意绵绵，他们在画堂相互依偎，感到无限的欢欣，在热恋中定情。很久之后，她那妩媚的浅笑，香罗偷解时的姿态还历历在目，但自从元宵节后，再也找不到她了。踏青时节，他在挑菜人群中一遍遍寻过，以为有见面的机会，可是“都不见”。那女子家里门深帘重，连燕子捎封信都不能够，眷恋之情向谁吐？“约何时再”这句至结尾，他痴情的焦灼，眷恋的相思情绪溢于言表，又以“犹有花梢日在”的丽景反衬。处处言情，而又处处写景，以景代情，把那种坐卧不安、百无聊赖的形象呈现了出来。《宋四家词选》评：“言情中布景。”是最中肯的评语。

长　相　思

林　逋

吴山青[1]，越山青[2]，两岸青山相送迎。谁知离别情？　　君泪盈，妾泪盈，罗带同心结未成[3]。江头潮已平[4]。

【注释】

〔1〕吴山：在浙江杭州市钱塘江北岸，春秋时为吴国的地方。

〔2〕越山：指钱塘江南岸的山，春秋时越国在以绍兴为中心的杭州南面一带地方。

〔3〕罗带：丝织成的带子。同心结：把罗带打成结，象征定情。

〔4〕潮已平：江潮已经涨满。这句写离别时所见。

【赏析】

作者用《长相思》作词牌，写的主题正是离别相思。《长相思》又名《双红豆》《相思令》，林逋是一独身隐士，居钱塘江二十多年，经常看见少男少女难舍难分，洒泪惜别，从而反映到自己的作品中。在词中，他向一水相隔的吴山、越山发出呼喊：“多少悲欢离合、生死离别？两岸青山可以作证。可是谁又知我的离别恨，相思苦？”和情人分别时压抑不住的痛苦，只有向天呼喊、向青山问话来发泄了，这里移情寄怨的手法十分高妙。“君泪盈，妾泪盈”用了两个“泪盈”，因为“同心结未成”，就被粗暴地阻隔，而且将长相别。“江头潮已平”一句，“潮”字蓄意极深，也许就是阻挡他们相爱的巨大势力。本词含蓄深沉，用语流畅婉丽，民歌风味很浓。

永　遇　乐

春　情

解　昉

风暖莺娇，露浓花重，天气和煦。院落烟收，垂杨舞困，无奈堆金缕[1]。谁家巧纵，青楼弦管[2]？惹起梦云情绪。忆当时，纹衾粲枕[3]，未尝暂孤鸳侣。　芳菲易老[4]，故人难聚，到此翻成轻误。阆苑仙遥[5]，鸾笺纵写，何计传深诉？青山绿水，古今常在，惟有旧欢何处？空赢得，斜阳暮草，淡烟细雨。

【注释】

〔1〕堆金缕：无力地低垂着黄金般的丝缕。此处指杨柳。

〔2〕青楼：妓院。

〔3〕纹衾粲枕：同盖绵被，并睡花枕。

〔4〕芳菲：芳香的草，这里比喻青春。

〔5〕阆(làng)苑：神仙居住的地方。

【赏析】

“春情”为本词的题目，描写伤春的思绪。可以说写离愁，也可以理解为隐射作者对理想抱负未能实现的一种怨情。开头用从宽到窄的范围去描写春天的美好。“风暖莺娇”三句，视面广阔。“院落烟收”写景窄，也为后文铺路，是自己家里的春景。用“惹”来转折主人公的忧伤。从谁家传出撩人的乐曲，激起主人公对逝去的青春幸福的回忆，接着“忆当时”三句回忆从前的恩爱。“芳菲易老”三句，写伤悲“难聚”，感叹“误”了大好时光，旨在渲染并点明主题。现在能否弥补误了的时光？要实现愿望有登天之难。“青山绿水”三句写希望落空，此处借青山绿水而移情寄怨。用“空赢得”三句形容现在，所赢得的只有如将要枯萎的小草，或细雨中飘升的一缕轻烟，凄婉惆怅、沉闷的情怀在此处倾诉无遗。本词结构严谨，层次分明，用词清丽。

浣　溪　沙

王安石

百亩中庭半是苔，门前白道水萦回，爱闲能有几人来？　　小院回廊春寂寂，山桃溪杏两三栽，为谁零落为谁开？

【赏析】

词人把我们的视线引到一座深宅大院之前，门前一条小河弯曲流过，院内宅地上多半长着青苔，久未住人的荒芜景象呈现在读者眼前。“爱闲能有几人来？”这种空寂荒凉的地方又有几人想来啊。走过小院回廊，稀疏有两三株桃杏，虽然春天来了，可是却这般冷冷清清，花儿开落无人知晓。全词字数虽少，包含内容却多，表面上写景，其实是写人。意在言外的是这里曾是个大户人家居住的地方（占地百亩、花院回廊），为何家道败落？空院寂寂，花儿究竟为谁零落为谁开？实写留居之人的寂寞、凄苦情愫。本词语言清新，感慨深沉，别具一格。

玉　楼　春

周邦彦

桃溪不作从容住[1]，秋藕绝来无续处。当时相候赤阑桥，今日独寻黄叶路。　　烟中列岫青无数[2]，雁背夕阳红欲暮。人如风后入江云，情似雨余粘地絮。

【注释】

〔1〕“桃溪”句：相传东汉时刘晨、阮肇入天台山，看见山上有桃树，下有溪流。二人在水边遇到两个仙女，他们相爱成婚。半年以后，二人思家求归。及出山，才知道已经过去三百多年了（见《幽明录》）。这种由于轻易和情人分别而产生的追悔之情，在古典诗歌中常常用天台山桃溪的故事来作比拟。

〔2〕岫：山。

【赏析】

这首词描写作者和情人分别之后，旧地重游，触景生情引起的怅惘之情，也许是他寄寓自己生活中一段真实的经历。上阕“桃溪不作从容住”，藕断丝连之情虽有，可是藕断了就接不起来了。“当时”二句追忆过去，旧地又重游，原在赤桥上等候相会的欢欣，今日却独自一人在秋风扫落叶的地方苦苦回想。“烟中”二句写雾中的青山，夕阳中的归雁，以“烟”比喻过去如云烟飘去，无可挽回。“人如风后入江云”二句，比喻人像吹散映在江上的流云，情像雨后粘在泥中的柳絮，无法解脱“粘絮”，如像无法排解心中的郁闷一样。结尾二句描写细腻，广为后人传诵。全词多用对句，对得极为工巧。

解　语　花

上　元[1]

周邦彦

风销绛蜡[2]，露浥红莲[3]，灯市光相射。桂华流瓦[4]，纤云散、耿耿素娥欲下[5]。衣裳淡雅，看楚女

纤腰一把[6]。箫声喧，人影参差[7]，满路飘香麝[8]。

因念都城放夜[9]，望千门如昼[10]，嬉笑游冶。钿车罗帕[11]，相逢处、自有暗尘随马[12]。年光是也[13]，唯只见、旧情衰谢。清漏移[14]，飞盖归来[15]，从舞休歌罢。

【注释】

〔1〕上元：旧时称农历正月十五日为上元节。

〔2〕绛蜡：红烛。

〔3〕露浥(yì)：露水浸湿。浥，湿润。红莲：荷花灯。

〔4〕桂华：月光。

〔5〕耿耿：光明。素娥：月中仙女嫦娥。

〔6〕楚女纤腰一把：《韩非子》："楚灵王好细腰，而国中多饿人。"这里指美人。

〔7〕参差：不齐，杂乱的样子。

〔8〕香麝：即麝香，香料。

〔9〕放夜：开放夜禁。

〔10〕千门：皇宫里的千门万户。

〔11〕钿车：以金玉装饰的华丽车子。罗帕：车上妇女用的手帕。

〔12〕暗尘随马：车马走过去尘土飞扬。这里指车马经过的地方聚拢了很多游人。

〔13〕是也：还是一样。

〔14〕清漏移：夜深了。漏，古代用水来计时的用具。

〔15〕飞盖：飞驰的车子。盖，车顶。

【赏析】

《艺蘅馆词选》对这首词批注云："此美成在荆南作，当与《齐天乐》同时，到处歌舞太平，京师尤绝盛。"周邦彦这篇《解语花》是写上元节题材的代表作品。地方上过上元节，到处都是灯火辉煌，张灯结彩，喜气洋洋，皎洁的月亮与彩灯相辉映，月中嫦娥都想下来一同游玩，箫声鼓乐喧天。在这良辰佳节的夜晚，观灯的人流中，万头攒动，几位窈窕美女留下了一路香气。下阕用"因念"二字承上启下，联想回忆京城的上元节气派更大，灯火万家，照得全城如同白昼。年华老去，跟前的词人深感"旧情衰谢"，转入了自嗟自叹，以前那种嬉笑游冶的生活不复返了，再也无心赏灯，不如归去。写景构思新巧，措辞精粹，是本词的特色。

兰陵王

柳

周邦彦

柳阴直[1]，烟里丝丝弄碧[2]。隋堤上[3]、曾见几番，拂水飘绵送行色。登临望故国[4]，谁识，京华倦客？长亭路，年去岁来，应折柔条过千尺。　闲寻旧踪迹[5]，又酒趁哀弦，灯照离席。梨花榆火催寒食[6]。愁一箭风快，半篙波暖，回头迢递便数驿[7]，望人在天北。　凄恻[8]，恨堆积！渐别浦萦回[9]，津堠岑寂[10]，斜阳冉冉春无极。念月榭携手[11]，露桥闻笛。沉思前事，似梦里，泪暗滴。

【注释】

〔1〕柳阴直：长堤上柳树齐整，阴影连成一条直线。

〔2〕烟：指雾气。丝丝弄碧：柳条丝丝飞舞，呈现一片碧绿。

〔3〕隋堤：隋炀帝开导汴水沿渠所筑之堤。

〔4〕故国：这里指故乡。

〔5〕旧踪迹：指昔日在汴京常去的地方。

〔6〕“梨花榆火”句：送别正是梨花开了，快到寒食节的时候。古代习俗以清明前一日为寒食节，禁火三天，节后另取薪火。

〔7〕迢递：遥远。驿：驿站。

〔8〕凄恻：悲伤。

〔9〕别浦：江河的支流入海口。

〔10〕堠（hòu）：古代瞭望敌情的土堡。岑寂：寂静。

〔11〕月榭：月下的楼台。

【赏析】

宋毛幵《樵隐笔录》说这首词在南宋绍兴年间颇为流行，常用作送别时的唱曲，因它分三阕，故称《渭城三叠》。题为柳，实不咏柳，而是抒别愁。《宋四家词选》说这首词是“客中送客”。上阕写景：写柳阴、柳丝，借柳树将那离

愁别绪渲染一番。“拂水飘绵”四字用得精炼，柳条轻拂流水、春意绵绵的景象跃然眼前，将送别缠绵依依不舍的情感尽致吐露。中阕写别情，从“闲寻”起写送客时自己抒别情，以柳说人，以物似情，“愁一箭风快”，将自己“京华倦客”的失意复杂心情更添一层哀愁。下阕写别后追忆，其中“斜阳冉冉春无极”是周词的名句。梁启超评这七字：“绮丽中带悲壮，全首精神提起。”结尾“沉思前事，似梦里，泪暗滴”是又一名句。追思多少欢乐往事，全如在梦里，往事不堪回首，如今满怀凄恻，唯有暗洒泪珠而已。全词委婉曲折，抑郁情怀，伤别念旧之痛苦在回旋往复的叙述中得到深刻的表述，这首词代表了周邦彦词的绵密曲折、委婉入情、富艳精工的艺术特色。

六　丑

落　花

周邦彦

正单衣试酒，恨客里、光阴虚掷。愿春暂留，春归如过翼[1]，一去无迹。为问花何在，夜来风雨，葬楚宫倾国[2]。钗钿堕处遗香泽[3]。乱点桃蹊，轻翻柳陌。多情为谁追惜。但蜂媒蝶使，时叩窗槅。　东园岑寂[4]。渐蒙笼暗碧[5]。静绕珍丛底[6]，成叹息。长条故惹行客，似牵衣待话，别情无极。残英小，强簪巾帻[7]。终不似一朵、钗头颤袅，向人欹侧[8]，漂流处、莫趁潮汐[9]。恐断红，尚有相思字[10]，何由见得。

【注释】

〔1〕“春归”句：春天过去像鸟飞那样快。

〔2〕“夜来”两句：因楚王爱细腰，楚宫中多细腰美女，有宫女因此而饿死，以落花暗喻。

〔3〕“钗钿”句：钗钿是形状像花朵的女人头上饰物。香泽：女人头发香气，这里用来比落花的香气。

〔4〕岑寂：本有高而静的意思，这里意为寂寞。

〔5〕蒙笼暗碧：指绿叶成荫。

〔6〕珍丛：花枝。

〔7〕巾帻(zé)：头巾。

〔8〕攲(qī)侧：倾斜。

〔9〕潮：早潮。汐：晚潮。早日潮，晚日汐。

〔10〕“恐断”两句：唐代卢迟在御沟上拾得红叶一枚，叶上题有相思的诗句，后来娶的放出来的宫女，原来就是在叶上题诗的人。

【赏析】

宋词发展到灿烂时期，周邦彦创制了《六丑》新调。

这首词在《彊村丛书·片玉集》题作“落花”，众多书籍又题为“蔷薇谢后作”。写惮惜落花、惜春、伤春怀人之感。描绘细节生动，把花拟人化，构思别致。从春归花谢、花飞写起，不写人如何惜花，而写花之恋人；不写已簪在头巾上的残英带给人的欣慰，却偏偏把花瓣比喻“红叶题字”。借花起兴，从落花到花瓣，再到红叶，而由此想到潮水，想到情人，奇情四溢，是作者运用腾挪跌宕的艺术写作技巧。“愿春暂留，春归如过翼，一去无迹”。十三个字写春留不住，《宋四家词选》中周止庵评道：“千回百折，千锤百炼。”“问”字振起全篇，“夜来”二句承上回答，写风雨扫葬倾国（美人和花），“钗钿”三句写落花狼藉状，只有蜂蝶追惜花，词人禁不住徘徊叹息。下阕“长条故惹行客”三句，写花枝扯衣恋人，将残留小花簪在头巾上，可见人与花感情之深，缠绵婉转，耐人寻味。将花与人合写，一气贯注。

浪淘沙慢

周邦彦

晓阴重，霜凋岸草，雾隐城堞〔1〕。南陌脂车待发，东门帐饮乍阕。正拂面、垂杨堪揽结，掩红泪、玉手亲折。念汉浦离鸿去何许〔2〕？经时信音绝。　情切。望中地远天阔。向露冷风清、无人处，耿耿寒漏咽。嗟万事难忘，唯是轻别。翠尊未竭，凭断云留取，西楼残月。罗带光销纹衾叠。连环解，旧香顿歇，怨歌永，琼壶敲尽缺。恨春去，不与人期；弄夜色，空余满地梨花雪。

【注释】

〔1〕堞(dié)：城上如齿状的矮墙。

〔2〕浦：水滨。

【赏析】

这首写别离相思的词，共分三阕。上阕写相别的时间和地点。在一个秋天雾重迷蒙的早晨，在“城堞”“东门帐”饯行。女子掩泪，亲手折柳，送走了情人。中阕写分离时依依情怀，望天嫌高，看地遥远，而情人却要到那“露冷风清”的地方去。哀叹“万事难忘”，特别难忘“轻别”。此后只有“断云”“残月”陪伴“我”孤凄度寒夜了。下阕写别后怀念和相思苦衷。蓄势在所谓“光销”“衾叠”“香歇”“壶缺”之中，这些景象一件件呈现在眼前，如风雨急至，把难眠、难咽“恨春去”的情思倾泻出来。“弄夜色”两句写又见吹落满地白梨花，更添怅惘。这里用了旋动而忽静的写法，似一舞女急速旋转后，戛然静立，姿态横生，令人叫绝。全篇变化曲折回环，转换顿挫有致，是一篇完整而统一的艺术佳作。周邦彦善于驾驭长调，结构长篇词妙不可言。万红友评此词“精绽悠扬，真千秋绝调”。

水　龙　吟

次韵章质夫杨花词[1]

苏　轼

似花还似非花，也无人惜从教坠[2]。抛家傍路，思量却是、无情有思。萦损柔肠，困酣娇眼，欲开还闭。梦随风万里，寻郎去处，又还被莺呼起。　　不恨此花飞尽，恨西园、落红难缀[3]。晓来雨过，遗踪何在？一池萍碎[4]。春色三分，二分尘土，一分流水。细看来，不是杨花，点点是离人泪。

【注释】

〔1〕次韵章质夫杨花词：章楶即章质夫。章楶原作词《水龙吟·杨花》，苏轼在之后作了这首次韵词。

〔2〕从教坠：让它自己坠落。

〔3〕缀：连接。

〔4〕萍碎：传说杨花落在水中，即化为浮萍。

【赏析】

苏轼这首词，题目“次韵章质夫杨花词”。次韵受原作的很多限制，不但要用原作的韵，而且次序也不能变。这就比和韵更难。一般诗、词人都不大作，而苏轼这篇次韵之作，掌握得极好，有独到高明之处。章楶、苏轼两篇杨花词，似高手对弈，各有路数。苏轼以夸张的拟人手法捕捉物象，把杨花神化为女子，又对她注入了浓挚的情感。人们唤柳絮为杨花，但并没真正看成花加以爱惜过，而这首词贯穿了“惜”意。“萦损柔肠”二句刻画了一位栩栩如生的少妇形象，她虽然目困心悲，但仍想千里寻郎。随风飘时而疲坠，入梦再寻，却被莺啼惊醒。下阕写人对她的怜惜：不恨柳絮飞尽，而恨柳尽花残，春剩无几。“晓来雨过”三句写漫天飞舞的杨花，只经了一场雨，便一下子消失干净，到底到哪去了呢？只见满池碎浮萍。三分春色，二分为泥土，一分为流水。“细看来，不是杨花，点点是离人泪”，只有相思泪才是如此情深意切。

蝶恋花

苏轼

花褪残红青杏小[1]。燕子飞时，绿水人家绕。枝上柳绵吹又少，天涯何处无芳草[2]！　墙里秋千墙外道，墙外行人，墙里佳人笑。笑渐不闻声渐悄，多情却被无情恼[3]。

【注释】

〔1〕花褪残红：花瓣落了。

〔2〕“天涯”句：芳草长到天边，表示春天快完了，另一层意思是用来安慰、鼓励失意的人不必太伤心，芳草到处有，天涯多可寻。

〔3〕“多情”句：行人多情，佳人无情。

【赏析】

这是一首感叹春光易逝、佳人难见的词。上阕写伤春，花瓣飘落满地，青杏初结，燕子飞过，溪水绕舍，柳絮飘落殆尽，这确是春将逝去的景色。“天涯何处无芳草”一句，用以安慰、鼓励失意的人，芳草遍天涯，何必伤感。此句脍炙人口，千古传诵。下阕写伤情，墙外的人听得到墙里佳人的笑声，可是墙里佳人却一无所知，只有自怨“多情却被无情恼”了。结句用了移情寄怨的手法，含蓄写出因政治上的失意，自己愁苦重重，但是苏轼心胸豁达，切合上面的“天涯何处无芳草”一句，就给读者留下了无限的遐想。

水调歌头

苏　轼

明月几时有[1]？把酒问青天[2]。不知天上宫阙[3]，今夕是何年。我欲乘风归去，又恐琼楼玉宇[4]，高处不胜寒。起舞弄清影[5]，何似在人间！　　转朱阁，低绮户，照无眠。不应有恨，何事长向别时圆？人有悲欢离合，月有阴晴圆缺，此事古难全。但愿人长久，千里共婵娟[6]。

【注释】

〔1〕几时：何时。

〔2〕把：持，握。

〔3〕阙：皇宫大门两旁的楼观。

〔4〕琼楼玉宇：指神仙居住的宫阙。

〔5〕弄清影：月光下和自己的影子一起嬉戏。

〔6〕共：指共赏。婵娟：月亮的美称。

【赏析】

苏轼这首《水调歌头》，是中秋词中最著名的一首，他以精湛的笔触，刻画了一个完美的意境；以宽阔的胸襟、丰富的感情抒发了人生的哲理，使读者面对现实，热爱生活。

苏轼因政治失意、遭贬，逢到中秋佳节，倍思兄弟苏辙。上阕对月饮酒，糅进了作者的政治感慨。由于他高旷的胸襟，丰富的想象和奇妙的艺术构思，展示了天上人间自然景物和社会生活的形象。“明月

几时有？”是内心对人生沉痛的感叹。面对茫茫长空，有“我欲乘风归去”的出世思想，然而“高处不胜寒”，容易遭受打击。“起舞”两句表示还是人间生活美好。下阕“不应有恨”“人有悲欢离合”几句，表明人生在世，有悲、欢、离、合，就像月亮有阴、晴、圆、缺一样，是自古无法周全圆满的。这几句常被用来感慨人生的不幸和世事的缺憾，也是作者洞悉人生之后的旷达潇洒与自慰。“但愿人长久，千里共婵娟”，人隔千里，仍得共赏明月，是无奈中的安慰，又是对远方亲人的怀念。是作者对“古难全”的世事的一种豁达的态度，是作者的高明之处。胡仲任评这首词说：“自此词出，余词尽废。”

蓦山溪

别　意〔1〕

黄庭坚

鸳鸯翡翠〔2〕，小小思珍偶。眉黛敛秋波〔3〕，尽湖南，山明水秀。娉娉袅袅〔4〕，恰近十三余。春未透，花枝瘦，正是愁时候。　寻芳载酒，肯落他人后。只恐远归来，绿成荫、青梅如豆。心期得处，每自不由人。长亭柳，君知否？千里犹回首！

【注释】

〔1〕别意：别本作“赠衡阳妓陈湘”。

〔2〕鸳鸯：偶居不离的雌雄鸟。翡翠：名翠鸟，羽毛华丽。

〔3〕秋波：形容美人的眼睛清澈如秋水。

〔4〕娉娉：美貌。袅袅：纤长柔美的样子。

【赏析】

这是词人赠衡阳妓陈湘之作。起首用了五句来比喻形容，赞美他所钟爱的陈湘：像鸳鸯、翡翠鸟那样珍贵、美丽又多情，像湘山般清秀的双眉，像湘水般透明、灵秀、柔情的眼睛。“娉娉袅袅”五句，将陈湘的年轻貌美描述出来：十三岁就有春花般的美貌，恰似“春未透，花枝瘦，正是愁时候”。这里用了“透”“瘦”“愁”三字，极工致纤巧。她又像春寒未尽时，长在纤弱枝头上含苞欲放的花蕾，被霜雨淋冻；惹得狂蜂浪蝶来摧残，“正是愁时候”，怎能令人不愁！下阕“只恐远归来”三句，用晚唐诗人杜牧“自是寻春去太迟，不须惆怅怨芳时。

狂风吹尽深红色，绿叶成荫子满枝”诗意。接着“心期得处”五句，描写眷恋之情，表示虽远隔千里仍一往情深。

这首词用语婉丽，含意深长，字字锤炼，足见作者功力。

减字木兰花

秦　观

天涯旧恨，独自凄凉人不问。欲见回肠[1]，断尽金炉小篆香[2]。　　黛蛾长敛[3]，任是东风吹不展。困倚危楼，过尽飞鸿字字愁。

【注释】

〔1〕回肠：形容内心焦虑不安。

〔2〕篆香：指盘香。

〔3〕“黛蛾”句：指思妇愁眉不展。

【赏析】

这首词是秦观被贬谪湖南时怀妇之作。有人曾说：“秦淮海，古之伤心人也。”其语良是。他的词初读乍觉和婉，细按方知情伤。在穷乡僻壤，离人在房中闭门焚香，香烟袅袅，把他的思绪带到家乡妻子的身旁，天涯各一方，欲爱不能见，旧恨新愁涌阻，怎能不绞心回肠？孤独一个人，凄凉有谁知？何日是尽头？恰是“断尽金炉小篆香”。望穿眼，痛断肠，“断尽”二字用得极好，篆香盘旋着，喻回肠的痛楚。全词上阕写词人，下阕写思妇，前者恨满“回肠”，后者“黛蛾长敛”。他思念远方的妻子，眼前仿佛看见妻子蛾眉不展，在呼唤他，为他担心，为他痛苦地眉头紧锁，所以“任是东风吹不展”，从而“困倚危楼”。“过尽飞鸿字字愁”用叠字突出了远役人黯然销魂的情怀。从人物、空间和时间等多方面展现离愁，可谓尺幅纳百忧。

千　秋　岁

秦　观

水边沙外，城郭春寒退。花影乱，莺声碎。飘零疏

酒盏，离别宽衣带。人不见，碧云暮合空相对。　忆昔西池会[1]，鹓鹭同飞盖[2]。携手处，今谁在？日边清梦断[3]，镜里朱颜改。春去也，飞红万点愁如海。

【注释】

〔1〕西池：故址在丹阳（今南京市）。这里借指北宋京都开封西郑门西北之金明池。秦观于元祐间居京时，与诸同僚有金明池之游会。

〔2〕鹓鹭：两种鸟。因其飞行有序，故以喻百官朝见时秩序井然。

〔3〕“日边”句：慨叹还朝无望。见《世说新语·夙惠》：“晋明帝数岁，坐元帝膝上。有人从长安来，元帝问洛下消息，潸然流涕。明帝问何以致泣？具以东渡意告之。因问明帝：‘汝意谓长安何如日远？’答曰：‘日远，不闻“人从日边来”？居然可知。’元帝异之。明日集群臣宴会，告以此意。更重问之，乃答曰：‘日近。’元帝失色，曰：‘尔何故异昨日之言邪？’答曰：‘举目见日，不见长安。’”后以日边喻京都帝王左右。

【赏析】

这首词是秦观逝世前几年所作，由于北宋新旧党之争，他的导师苏轼被贬，秦观无辜受牵连，屡遭贬谪，甚至被惩处“编管”，剥夺了人身自由。曾季狸《艇斋诗话》云：“少游作此词（指《千秋岁》）时，传至余家丞相，丞相曰：‘秦七必不久于世，岂有“愁如海”而可存乎？’已而少游果下世。少游第七，故云秦七。”这位北宋婉约词的“正宗”人物，誉称“国士无双秦少游”，成了政治事件的牺牲品。

秦观用《千秋岁》寄慨身世，坎坷悲惨的身世就自然而使整篇充满“愁如海”的感慨。眼前的“绿水”“花影”、“莺声”和昔日一样，可是如今人在异乡飘零，憔悴落拓，孤影自怜，只有凄清的暮色伴随。下阕“忆昔西池会”二句，回忆昔日和朋友们在汴京的欢乐叙会，怡然自得，豪情奔放。“携手处”三句慨叹还朝无望。“镜里朱颜改”，明示蹉跎岁月已将朋友们的红颜改变了，痛心疾首，使他呼出：“春去也，飞红万点愁如海。”本词写得如此凄厉，有高山流水之悲，千载而下之感。

凤凰台上忆吹箫

李清照

香冷金猊[1]，被翻红浪[2]，起来人未梳头。任宝

奁闲掩[3]，日上帘钩。生怕闲愁暗恨[4]，多少事，欲说还休。新来瘦[5]，非干病酒[6]，不是悲秋[7]。　休休，这回去也。千万遍阳关[8]，也即难留。念武陵春晚[9]，云锁重楼[10]。记取楼前绿水，应念我，终日凝眸[11]。凝眸处，从今更数，几段新愁。

【注释】

〔1〕金猊：狻猊（suān ní）形的铜香炉。狻猊，古代传说中的一种狮形怪兽。

〔2〕被翻红浪：红色的锦缎被子乱摊在床上，犹如红浪翻滚。

〔3〕宝奁（lián）：精美华贵的梳妆匣。

〔4〕生怕：最怕。闲愁暗恨：指的是离别时的离愁别苦。

〔5〕瘦：消瘦。

〔6〕病酒：饮酒过度，沉醉如病。

〔7〕悲秋：为秋天的萧条而悲伤。

〔8〕阳关：指《阳关曲》，古送别曲名。

〔9〕武陵：指武陵人，代指远行在外的丈夫。王之涣《惆怅诗》有“晨肇重来路已迷，碧桃花谢武陵溪”，北宋韩琦《点绛唇》词云：“武陵凝睇，人远波空翠。”唐五代用词大多以刘晨、阮肇天台遇仙女的故事写男女恋情。

〔10〕云锁重楼：云指云烟，锁是笼罩之意。此句指千里云烟将自己与丈夫分开。

〔11〕凝眸（móu）：目不转睛地注视。眸，眼珠。

【赏析】

这是一首写离情的词。它以委婉、细腻、含蓄的风格，抒发了作者别离时的哀愁。在上阕里，词人开始即描绘了一幅闺阁慵惰图景，进而展开倾诉无限忧愁的情怀。“生怕闲愁暗恨，多少事，欲说还休”，原来是要与心爱的人离别，一语道破题旨。在这离别的时刻，她有万种愁情。一腔哀怨本想在丈夫面前尽情倾吐，可是话到嘴边，又吞咽了下去。这就使词又多了一道波折，表面的克制，造成心头更为严重的愁苦，而下句交待这“愁”不是由饮酒和苍凉秋色所引起的，这是作者宁愿折磨自己，也不肯给临行前的丈夫增加烦恼，在此，读者仿佛看见了词人那颗善良、深情的心。在下阕里，作者说明愁的原因是丈夫明朝就要远行，写出了作者的失望与难以割舍的一缕痴情。“千万遍阳关，也即难留”，离别的《阳关曲》唱上千万遍，终是难留，一腔离愁，跃然纸上。

下文里用“武陵人”的典故与妆楼云烟，既写她对丈夫的思念，也希望心爱的人能像自己眷恋他一样眷恋自己。结尾“凝眸处，从今更数，几段新愁”三句，写在天涯归路上，词人满腔的离愁别恨，何时才能结束呢？这就是作者的高明之处，长长的余音，让人回味不已。

如　梦　令

李清照

常记溪亭日暮〔1〕，沉醉不知归路。兴尽晚回舟，误入藕花深处。争渡，争渡，惊起一滩鸥鹭〔2〕。

【注释】

〔1〕溪亭：地名。

〔2〕鸥鹭：两种水上生活的禽鸟。

【赏析】

这是一首记游之作，作者写自己在溪亭饮酒后晚归的情景。开头以“常记”二字娓娓道来，自然、朴实，接着以“日暮”“沉醉”，透露出作者心底的欢愉，是同情人缱绻，还是亲朋的畅游，留给了读者去想象。“兴尽晚回舟”和“误入”一语，用笔自然，和前文的“沉醉”相互照应，绝无故意雕饰之痕。“争渡，争渡”重叠使用，反映了作者着急于回家的心境。“惊起一滩鸥鹭”，构思精巧，使读者看到那荷花深处，一叶扁舟，鸥鹭群飞，是一幅优美的画面，有浓郁的生活气息。

如　梦　令

李清照

昨夜雨疏风骤〔1〕，浓睡不消残酒〔2〕。试问卷帘人〔3〕，却道海棠依旧。知否，知否〔4〕，应是绿肥红瘦〔5〕。

【注释】

〔1〕雨疏风骤：雨疏疏落落地下个不停，风刮得很紧。

〔2〕“浓睡”句：夜里睡得很好，可是酒意还没有全消掉。

〔3〕卷帘人：站在窗口卷帘子的侍女。

〔4〕知否：知道吗？

〔5〕绿肥红瘦：肥是肥大，瘦是稀少。这句话的意思是绿叶更肥大，红花更稀少。

【赏析】

这首词将作者一夜的经历和对话糅合在一起，构成了一幅优美的图画。昨夜雨狂风猛，一夜浓浓的睡意没有消尽酒意，可下文的一个“卷帘人”即点破东方破晓，何等巧妙。接着以她和卷帘人的对话，描写了侍女的粗心大意和作者惜花的心情。“绿肥红瘦”把春末夏初、风雨过后的景色，刻画得深刻形象。特别是用“肥”“瘦”来形容花卉，更是作者惊人的妙思。

一 剪 梅

李清照

红藕香残玉簟秋〔1〕。轻解罗裳〔2〕，独上兰舟〔3〕。云中谁寄锦书来〔4〕？雁字回时〔5〕，月满西楼。　　花自飘零水自流〔6〕。一种相思〔7〕，两处闲愁〔8〕。此情无计可消除，才下眉头〔9〕，却上心头〔10〕。

【注释】

〔1〕“红藕”句：红藕，荷花。玉簟指的是精美的席子。秋是凉意。

〔2〕罗裳：丝绸制的裙子。

〔3〕兰舟：船的美称。

〔4〕锦书：锦字回文书，情书。

〔5〕雁字：雁儿成群结队地飞行，有时像“一”字，有时像“人”字，故有此语。

〔6〕自流：独自地流。

〔7〕一种相思：双方彼此都是思念、牵挂的样子。

〔8〕两处闲愁：两边都在为相思发愁。

〔9〕“才下”句：意即皱着的眉头刚刚展开。

〔10〕“却上”句：是说心里头又惦记上了。

【赏析】

这首词是李清照与她的丈夫分别后因思念其而作的。上阕里以荷花香残点明秋日节令，以玉簟已凉说明室内人的感受，既有自然界的苍凉景色，又有肌肤间

的触感。而下句的“轻解罗裳，独上兰舟”，把作者凄凉独处的境地暗示出来。“云中谁寄锦书来？雁字回时，月满西楼”，将一个少妇在月满天之时独上西楼，看见雁儿飞回，而期望丈夫能够给自己寄一封书信来的情景展现在读者面前。看来这望断天涯的思念，无时无刻都缠绕在作者的心头。下阕“一种相思”三句，既写出了词人对丈夫的思念，同时词人仿佛也感觉到了丈夫对自己的思念，正因为两人异地相处，才有深深的愁思无法排遣。结尾“才下眉头，却上心头”，是脍炙人口的名句，笔法精巧，感情真挚，把作者的思念之情刻画得细致入微，因而在艺术上有极大的吸引力。

蝶 恋 花

李清照

暖日晴风初破冻。柳眼梅腮[1]，已觉春心动[2]。酒意诗情谁与共？泪融残粉花钿重[3]。　乍试夹衫金缕缝[4]。山枕斜欹[5]，枕损钗头凤[6]。独抱浓愁无好梦[7]，夜阑犹剪灯花弄[8]。

【注释】

〔1〕柳眼：指早春杨柳初开的叶芽，如同人的睡眼初展。梅腮：指淡红色的梅花如同美人粉红色的面颊。

〔2〕春心：指男女恋情。

〔3〕花钿：用金玉翡翠制成的花朵形首饰。

〔4〕夹衫金缕缝：指用金线缝制成的夹衣。

〔5〕山枕：古代两端凸起，中间凹下的枕头，因像山一样，故有山枕之称。斜欹：斜倚之意。

〔6〕钗头凤：刻镂有凤形的金钗。

〔7〕独抱浓愁：心里怀有无限的忧愁。

〔8〕“夜阑”句：夜阑指深夜。灯花指灯芯燃尽结成的花形。弄是摆弄。全句意即在深夜里词人还在剪弄灯花，难以入睡。

【赏析】

杨柳依依，细雨蒙蒙。在这严冬刚刚过后的春天里，一个情意绵绵的少妇，已经强烈地感到了春天的气息，内心荡漾着无限的情思。面对大好春光，没有亲人陪伴，只得独自伤心。往日夫妻二人踏青访古，共赏春色的情景又映入脑海，可如今“酒意诗情谁与共”？心事沉沉，似乎头上的花钿比平时也重了许多。在下阕里作者以动作起词，说是试试夹衣是否合身，其实是借动作排遣忧愁，可恼人的愁绪还是缭绕在心上。晚上作者也没有心思卸装解衣，头枕凹形的枕头，由于心事重重，辗转反侧，任凭头上的凤钗被损坏。这一段写得真挚细腻，形象生动，准确地表达了作者对亲人深切怀念的情愫。结尾“独抱浓愁无好梦，夜阑犹剪灯花弄”两句含蓄传神，极富感染力，形象地表现了主人公愁苦不堪、失魂落魄的样子。全词写的蕴藉而不绮靡，妍婉而不纤巧，将婉约词发展到了极高的程度。

永遇乐

李清照

落日镕金〔1〕，暮云合璧〔2〕，人在何处〔3〕？染柳烟浓〔4〕，吹梅笛怨〔5〕，春意知几许〔6〕？元宵佳节，融和天气，次弟岂无风雨〔7〕。来相召〔8〕，香车宝马，谢他酒朋诗侣。　　中州盛日〔9〕，闺门多暇〔10〕，记得偏重三五〔11〕。铺翠冠儿〔12〕，捻金雪柳〔13〕，簇带争济楚〔14〕。如今憔悴，风鬟霜鬓〔15〕，怕见夜间出去〔16〕。不如向，帘儿底下，听人笑语。

【注释】

〔1〕“落日”句：夕阳如熔化的黄金，灿烂绚丽。

〔2〕“暮云”句：傍晚的云彩聚和在一起，似美丽的璧玉。合璧，两个半圆形的璧玉合在一起。

〔3〕“人在”句：意即我这是在哪里呢？人，指李清照自己。

〔4〕“染柳”句：暮色下的柳色愈见浓烈。

〔5〕“吹梅”句：笛子吹出《梅花落》曲调。

〔6〕几许：多少，几分。

〔7〕次弟：转眼之间。

〔8〕召：邀请。

〔9〕中州：旧时称河南省一带为中州。

〔10〕闺门：贵族妇女。

〔11〕三五：即正月十五。
〔12〕铺翠冠儿：饰有翡翠羽毛的帽子。
〔13〕捻金：金线捻成的丝缕。雪柳：即绢花制成的饰物。
〔14〕济楚：整洁、漂亮的样子。
〔15〕风鬟：头发蓬乱的样子。霜鬓：两鬓雪白。
〔16〕怕见：懒得见。

【赏析】

在南宋小朝廷偏安一隅、国破家亡的历史时期，临安城内的元宵节却大肆铺陈，在这种情况下，词人写下了这首情辞凄婉、感情哀艳的名作。全词以一幅色彩绚烂的晚情图渲染节日的气氛，而心情却是另一幅山河破碎、人在何处的悲凉图景。绿柳葱郁的春色与幽怨的笛声，反映着作者内心的矛盾与痛苦。在上阕里起笔两句着力描绘元宵节夕阳的绚丽，对仗工整，辞采艳丽，而下文的“人在何处”却来了个时空大转换，是一声充满迷惘与痛苦的长叹，紧接着的“次弟岂无风雨”和对诗酒盛会的推却，就顺理成章了。下阕里以回忆东京元宵节的繁华、热闹，反映当时人们心情愉快与无拘无束。“铺翠冠儿，捻金雪柳，簇带争济楚”几句，写词人在元宵节的晚上，同闺中女伴戴上嵌插有翠鸟羽毛的帽子和金线丝制成的雪柳，无忧无虑。可“如今”二字将幸福的回忆折断，“如今憔悴，风鬟霜鬓，怕见夜间出去”。历尽国破家亡，夫亡亲逝，词人已是蓬头霜鬓的老妪，晚景凄惨悲凉，哪还有游玩和赏灯的兴致，只有独坐帘下，孤灯孑影，听着那醉生梦死者的欢歌笑语。这里以乐景衬悲哀，看来国破家亡的苦涩只有自己慢慢咀嚼了。全词情真意切，字字血，声声泪，难怪在作者去世一百余年以后，南宋爱国词人刘辰翁在读此词时尚“为之涕下”。

忆 王 孙

春 词

李重元

萋萋芳草忆王孙[1]，柳外楼高空断魂，杜宇声声不忍闻[2]。欲黄昏，雨打梨花深闭门。

【注释】

〔1〕“萋萋”句：《楚辞·招隐士》：“王孙游兮不归，春草生兮萋萋。”萋萋，草木

茂盛的样子。王孙，这里指游子。

〔2〕杜宇：子规鸟，即杜鹃鸟。

【赏析】

李重元作《忆王孙》词有四首，包括春词、夏词、秋词、冬词，此为春词。这首词采用了宋词中常见的“柳外高楼”“芳草斜阳”“梨花带雨”“黄昏杜鹃”等为景，以写景表达伤春怀人的情绪，那一份情思是通过景物的转换而逐步加深的，开始是千里碧色，萋萋芳草，极目古道，人在何处？接下来是陌头杨柳，柳外高楼，是一种景物的收缩；再就是杜鹃声声，黄昏小院，雨打梨花，闺门紧闭，将古代妇女思念远行在外的丈夫那种内向型的心态表现得淋漓尽致。全词以人去楼空来表达伤春之情，字字沉痛，使人联想无限。

齐　天　乐

和周美成韵

杨无咎

后堂芳树阴阴见，疏蝉又还催晚。燕守朱门，萤粘翠幕，纹蜡啼红慵剪。纱帏半卷，记云亸瑶山[1]，粉融珍簟[2]。睡起援毫，戏题新句谩盈卷。　　睽离鳞雁顿阻[3]，似闻频念我，愁绪无限。瑞鸭香消[4]，铜壶漏永[5]，谁惜无眠展转。蓬山恨远[6]，想月好风清，酒登琴荐。一曲高歌，为谁眉黛敛。

【注释】

〔1〕云亸(duǒ)瑶山：此句意为美发如云，散落在枕头上。亸，下垂。瑶山，枕头。

〔2〕珍簟：指精美的席子。簟，凉席。

〔3〕“睽(kuí)离：阔别之意。韩愈有“与子昔睽离，嗟余苦屯剥”。鳞雁：鱼雁，指书信。

〔4〕瑞鸭：宝鸭形的熏香炉。香消：香已燃尽。

〔5〕铜壶漏永：指古代一种计时用的仪器。温庭筠有《鸡鸣埭歌》：“铜壶漏断梦初觉，宝马尘高人未知。”

〔6〕蓬山：即蓬莱山，传说中神仙居住的地方。

【赏析】

这是一首情词。在上阕一开头即描写出空寂的环境和一个慵懒的主人。第二句的“又”透露出主人公的孤单与寂寞。“睡起援毫，戏题新句谩盈卷”，一个“戏”字将主人公百无聊赖的思念之情化成了淡淡的忧愁，融入词的行间。下阕里写到鱼雁顿阻，似是情人传书，引起思念无限。到了晚上夜香消尽，静听铜壶漏声，辗转反侧，难以成眠。“想月好风清，酒登琴荐”两句，将主人公的思念之情推向高潮：我多么期望在一个月好风清的日子里，你我二人饮酒抚琴，共度良宵。“一曲高歌，为谁眉黛敛”两句长叹一声，留下思绪绵绵。全词构思缜密，语言富丽华美，凝句炼字，其写景之语，富有画意，反映出作者较高的驾驭语言的能力。

念 奴 娇

席上赋林檎花

曾 觌

群花渐老，向晓来微雨，芳心初拆[1]。拂掠娇红香旖旎[2]，浑欲不胜春色。淡月梨花，新晴繁杏，装点成标格，风光都在，半开深院人寂。　　刚要买断东风[3]，袅栾枝低映，舞茵歌席。记得当时曾共赏，玉人纤手轻摘。醉里妖娆，醒时风韵，比并堪端的[4]。谁知憔悴，对花空凭思忆。

【注释】

〔1〕芳心初拆：这里是说林檎花刚刚开放。拆，放开。

〔2〕旖旎(yǐ nǐ)：柔美、繁盛的样子。

〔3〕买断东风：希望东风停止，不要再刮了。

〔4〕端的：究竟。

【赏析】

咏物言志，是中国传统文学的一大特点，而此词正是借赋林檎而描写男女之间的思念之情和对过去的追忆。

上阕描写林檎花，其开放的时间是“群花渐老”的暮春，其体娇红、妍丽，婀娜多姿；其味清香，正像淡月之下的梨花，乍晴之后的繁杏，装点春色，独成一格。虽然“群花渐老”，但春色无限，“风光都在”。下阕描写人物的心情，愿买断东风，使鸟恋枝头，花儿低映。下文一个“记”字将时空断开，想当年你我二人共赏林檎花，玉人纤手轻摘，与花儿相映的神态又映入眼底，而“妖娆”“风韵”用“醉”和“醒”反写，将玉人的娇美与柔情写得如痴如醉，令人叹为观止。结尾一句“谁知憔悴，对花空凭思忆”，留下的是无尽的忧愁，语言婉丽动人。

江　城　子

赏　春

朱淑贞

斜风细雨作春寒，对尊前，忆前欢。曾把梨花，寂寞泪阑干[1]。芳草断烟南浦路[2]，和别泪，看青山。

昨宵结得梦夤缘[3]，水云间，悄无言。争奈醒来，愁恨又依然。辗然衾裯空懊恼，天易见，见伊难。

【注释】

〔1〕“曾把”两句：出自白居易《长恨歌》“玉容寂寞泪阑干，梨花一枝春带雨”，描述悲伤痛哭的情景。曾把，指手把梨花。

〔2〕“芳草”句：典出江淹《别赋》：“春草碧色，春水绿波，送君南浦，伤之如何？”描述送别时的情景。

〔3〕夤缘：攀附之意。

【赏析】

这首词题曰“赏春”，其实是在伤春。作者用极其深沉的语调，描写了斜风细雨，雨打梨花，送君南浦，泪看青山的情景，衬托出自己对当年恋情的追忆与送别恋人时伤心的情景。下阕以梦中相会、喜悦欢快来开端，可醒来依然是凄寂愁恨，难以忍受的苦楚。最后是在绣衾之中，辗转反侧，懊恼惆怅，发出了“天易见，见伊难”的绝望心声。全词寥寥数语，即将自己少年时恋情的始末概述出来，将在封建礼教压抑下的弱女子追求自由恋爱的呼声倾在笔端，跃然纸上。

蝶恋花

朱淑贞

楼外垂杨千万缕，欲系青春[1]，少住春还去。犹自风前飘柳絮，随春且看归何处。　　绿满山川闻杜宇，便做无情，莫也愁人苦。把酒送春春不语，黄昏却下潇潇雨。

【注释】

〔1〕系：留住、系住之意。

【赏析】

南宋一代惜春之词很多，大多是作者看到春天将去，由此而引发的惋惜之情，景物也不外纷飞的柳絮、哀鸣的杜鹃和沥沥的春雨。而在女词人的笔下，通过丰富的想象和拟人化的手法，就显得别具特色。上阕一开始即以柳条留春留不住，柳絮随风飘扬，寻找春归何处的拟人化形象，把春天描写得生动活泼，暗示光阴易去，人生短暂。下阕以景写人，杜鹃泣血，鸟儿无情，可也知道人的愁苦，叫出了人的悲痛心声。“把酒送春春不语”两句，看起来若无其事，其实“潇潇雨”在黄昏降下，三字已道出了作者凄凄然、茫茫然的满腔心事。全词将春拟人，借以抒发自己的情怀，借垂杨系春，飞絮随春，到主人公最后送春，通过有层次的心理变化揭示主题，带有凄婉的情味。

菩 萨 蛮

咏 梅

朱淑贞

湿云不渡溪桥冷[1]，娥寒初破东风影[2]。溪下水声长，一枝和月香。　　人怜花似旧，花不知人瘦。独自倚栏干，夜深花正寒。

【注释】

〔1〕“湿云”句：此句是说几朵带雨的云笼罩在溪流的桥上，十分清冷。湿云指带雨的云。

〔2〕娥：娥眉，用以比喻弯月。东风影：东风吹拂的梅树摇曳的影子。

【赏析】

这首词题曰“咏梅”，实际上是以梅花的高洁来比拟作者不甘流俗，满腔哀愁无处可诉的情怀。上阕以晚上词人立足在小桥上看到的景物：“湿云”“桥冷”“娥寒初破”，写出了一种孤寂、冷艳的气氛。梅树枝头绽开淡淡的梅朵，吐出缕缕的幽香。下阕以拟人的手法写花，一年一度，花开花落，但不知我青春已逝，憔悴消瘦，满腔哀愁无处可诉，在这寒气逼人的夜晚，独倚栏杆。“夜深花正寒”一句，由花及人，看得出作者凝结在心底的哀愁。全词以环境渲染气氛，情真景浓，风格秀婉，楚楚动人。

浣 溪 沙

朱淑贞

玉体金钗一样娇[1]，背灯初解绣裙腰。衾寒枕冷夜香消。　　深院重关春寂寂[2]，落花和雨夜迢迢[3]。恨情和梦更无聊。

【注释】

〔1〕娇：娇美。

〔2〕寂寂：冷清、落寞。左思《咏史》诗有："寂寂扬子宅，门无卿相舆。"

〔3〕迢迢：久长，形容雨夜很长。

【赏析】

这首词是作者孤独和寂寞生活的真实写照。上阕将自己在春夜里背灯解衣，被冷枕寒，熏炉香消，一举一动，一情一景写得十分传神、逼真。看得出作者一人独自伤神，心烦意乱，满腔幽愁，无法排遣。下阕里以深深庭院，寂寞无聊，流水落花，夜雨迢迢来渲染气氛，孤独寂寞之悲愤，使人寸断愁肠。一个"恨"字，将"情"和"梦"对作者的缠绕刻画得淋漓尽致。全词构思巧妙，结构谨严，用语婉丽清新。

点绛唇

春愁

赵鼎

香冷金炉[1]，梦回鸳帐余香嫩[2]。更无人问，一枕江南恨。　消瘦休文[3]，顿觉春衫褪[4]。清明近，杏花吹尽，薄暮东风紧。

【注释】

〔1〕金炉：金黄色的熏香炉。

〔2〕嫩：娇嫩。在此用来形容余香之幽微。

〔3〕休文：南朝梁时沈约，字休文，是一个多愁多病的才子。

〔4〕春衫褪：指人儿消瘦，衣服觉宽。褪，宽。

【赏析】

这是一首伤春之作，借以抒发自己那一腔无法排遣的忧愁。上阕写作者梦醒后独自忧愁。金炉香消，但绣着鸳鸯的帐帷之间依然暗香浮动，若有若无，一切都是那么静谧，那么温馨。"更无人问，一枕江南恨"，午梦睡来，欲说梦中故事，可对谁去说。在此作者以"一枕"来修饰"恨"，犹如李清照用"舟"来装载"愁"一样，化抽象为具体，把作者满腔的愁怨化在"一枕"之间，读词至此，始觉作者“伤春”是表面之意，而感叹人生，忧虑世事，才是真谛。下阕以南朝时文人沈约自比，以夸张的手法说明自己消瘦的程度，春衫渐宽，人儿憔悴。一个“顿”字说明消瘦时间之快、之短，把作者浓烈的惜春之情表现得淋漓尽致。“清明近，杏花吹尽，薄暮东风紧”，杏花已经全吹落了，清明即将到来，清明时节多风雨。若再有几场风来，春色还能留下几分呢？一个“紧”既道出了清明时东风的力度，又写出了作者不愿春去的忧愁心情。全词语言通俗，却耐人寻味。

如梦令

王之道

一饷凝情无语，手捻梅花何处[1]。倚竹不胜愁，暗想江头归路。东去，东去，短艇淡烟疏雨。

【注释】

〔1〕 捻(niǎn)：用手指持物。

【赏析】

这是一首闺怨词，描写一个女子盼望心上人从远方归来的殷切情怀。“一饷凝情无语，手捻梅花何处”，一晌都无言，原来攀折梅花，使人浮想万千。古人有折梅怀人的习惯，所以触景生情。女子思念何人？“倚竹不胜愁，暗想江头归路”，这里是用杜甫《佳人》诗“天寒翠袖薄，日暮倚修竹”的原意，表达了女主人公对丈夫的思念和自己的孤独忧伤之情。“江头”是丈夫扬帆远去的地方，如今多么期望丈夫能从江头归来。“东去，东去，短艇淡烟疏雨”，那时候丈夫在一片烟暮迷蒙之中乘舟东去，如今女子对此依然记忆犹新，难以忘怀。作者在此采用倒叙的方法，既增加了词的内蕴与意境，又将女子盼郎不归的悲凉心境恰切地表达出来，为全词增色不少。

月照梨花

闺思

陆游

霁景风软[1]，烟江春涨。小阁无人，绣帘半上。花外姊妹相呼，约樗蒲[2]。　　修蛾忘了章台样[3]。细思一饷[4]，感事添惆怅。胸酥臂玉消减，拟觅双鱼，倩传书[5]。

【注释】

〔1〕霁景：指雨后天气晴和、万里无云的景象。

〔2〕樗(chū)蒲：古代的一种赌博游戏。

〔3〕修蛾：修饰眉毛。蛾，比喻女子长而美的眉毛。章台样：《汉书·张敞传》载，汉宣帝时，京兆尹张敞"无威仪，时罢朝会，过走马章台街……又为妇(妻子)画眉，长安中传'张京兆眉怃'(张敞画的眉模样美好。怃，通"妩"，美好)"。此用其典。

〔4〕一饷：一会儿。饷，通"晌"。

〔5〕"拟觅"两句：古乐府《饮马长城窟行》："客从远方来，遗我双鲤鱼。呼儿烹鲤鱼，中有尺素书。"倩，借助。倩传书，指使鲤鱼替自己传信。

【赏析】

这是一首描写闺中少妇春天思念在外的丈夫的词。开头写景：小雨过后，天气晴朗，春风和暖，迷蒙如烟的江水渐渐上涨。以"风软"描摹春天的微风，既妥帖，又细腻。在这种迷人的春景中，思妇的楼阁映在眼前。只见绣帘半卷，除了思妇再无他人，正在百无聊赖之际，院外传来了伙伴们请她去玩樗蒲游戏的呼唤声。

下阕紧承上文，因应姐妹之约，临走前自然要去修饰打扮一番，这也是少妇爱美的习惯，可是急切之间忘了张敞给其妻所画的那种美好的眉样了。对镜细思之间，心头忽生一种惆怅之情：心上的人儿并不在身边，眉样画得再好，去让谁欣赏呢？怅惘之余，又觉得自己如花的年华白白流逝，犹如自己因思念丈夫而消瘦的身体一样。还是赶快写封信，让心上的人儿早点回来吧。

这首词以美好的春景衬托妇女思念丈夫的真情，写得真切动人，自然如画。有的词论家把陆游词归之于"苏辛"豪放一派，但并不能因此而把其词都当作豪放词来看，事实上陆游的许多词作确实写得细腻真切，婉转动人。

钗头凤

陆　游

红酥手〔1〕，黄縢酒〔2〕，满城春色宫墙柳〔3〕。东风恶〔4〕，欢情薄〔5〕。一怀愁绪，几年离索〔6〕，错！错！错！　　春如旧，人空瘦，泪痕红浥鲛绡透〔7〕。桃花落，闲池阁。山盟虽在〔8〕，锦书难托〔9〕。莫〔10〕！莫！莫！

【注释】

〔1〕红酥手：红润而白嫩的手。

〔2〕黄縢酒：即黄封酒。一种官酒，以黄纸或黄罗绢封住瓶口，故名。

〔3〕宫墙柳：指陆游的原配夫人唐琬。绍兴原为古越王宫殿所在，宋高宗建炎四年（1130）至绍兴元年（1131）曾将绍兴作为行宫，故此处有“宫墙”之称。

〔4〕东风：春风，春色，可比作慈母，此处暗指陆游之母。

〔5〕欢情：指陆游与唐氏的恩爱感情。

〔6〕离索：离散。

〔7〕红浥（yì）：指泪水和着脸上的胭脂流下，浥，湿润。鲛绡：传说中鲛人（人鱼）织的丝绢。梁朝任昉《述异记》卷上：“南海出鲛绡纱。”此指丝绸一类的手帕。

〔8〕山盟：如山一样不可改移的誓言。

〔9〕锦书：锦字回文书。此指书信。

〔10〕莫：罢了。指无可奈何的感叹。

【赏析】

据南宋陈鹄《西唐集·耆旧续闻》、周密《齐东野语》载：陆游先娶表妹唐琬为妻，二人青梅竹马，伉俪相得，婚后感情一直很好。但陆游的母亲却不喜欢唐琬，逼迫陆游休掉唐氏。陆游只好在外为唐氏置别馆，并时时探望，陆母知后又封了别馆。后唐琬改嫁赵士程，陆游也另娶妻子。一次，陆游春日游绍兴城内的沈园，恰遇唐琬。唐琬便让丈夫赵士程给陆游送来酒菜，并殷勤招待。陆游非常伤感，便在沈园的墙壁上写下了这首传世之作。

词的上阕从沈园与唐琬相见开始写起，追忆与唐琬被迫分离的痛苦心情。仍是这双熟悉而红润白嫩的手，送来了这么美好的酒，但此时，你已成了他人之妻，在这大好的春色里，犹如那皇宫里面伸出墙外的柳枝，可望而不可即，使我不能像以前那样亲近你了。而造成这种悲惨局面的是我那无情的母亲，是她拆散了我们之间恩爱美好的姻缘，使得我们几年来相互离散。“错！错！错”三个字正是这种激愤之情的流露。

词的下阕则由眼前情景写以后再难见面的痛苦之情。春天的景色依然美好如旧，但你却变得瘦多了。这里的“瘦”，是与词人眼中因几年离异、感情伤痛的“瘦”，是与景物相对应的“瘦”。“桃花落，闲池阁”喻唐琬将离己而去，以后自己将更加寂寞了。“山盟虽在，锦书难托”是说自己对唐氏的感情犹如山石，永远不会改变，但这种感情去向谁诉说呢？想爱而不能，不爱却又割舍不断，这种复杂的感情交织在一起，难以自解，无可奈何之余，只得发出“罢了！罢了！罢了！”的感慨。

这首词写得感情真挚，声情并茂，是陆词的代表作之一。“东风恶，欢情薄”是对封建包办婚姻制度的强烈抗议；而“错！错！错！”“莫！莫！莫”则淋漓尽致地抒发了词人与唐琬爱情关系中，既怨恨愁苦，又无可奈何的复杂感情。有人说在陆游的作品中，对生母没有一个“好”字，对后妻没有一个“爱”字，平生寄情于唐琬，这正是对这首词思想内容的高度概括。

钗头凤

唐琬

世情薄，人情恶，雨送黄昏花易落。晓风干，泪痕残。欲笺心事[1]，独语斜阑[2]。难！难！难！　　人成各，今非昨，病魂常似秋千索。角声寒，夜阑珊[3]。怕人寻问，咽泪装欢。瞒！瞒！瞒！

【注释】

〔1〕欲笺心事：想把心事写在纸上。笺，精美的纸张，代指书信。

〔2〕斜阑：斜靠在栏杆上。阑，同“栏”。

〔3〕阑珊：将尽。

【赏析】

陆游与唐琬沈园相会后，在沈园墙壁上写下了著名的《钗头凤》词，唐琬悲不自胜，随即和写了这首词。这两首《钗头凤》珠联璧合，广为流传，打动了无数读者的心。

词一起笔便开门见山，紧承陆词“东风恶，欢情薄”两句，言明自己是“世情薄，人情恶”的直接受害者，也是对封建婚姻制度及封建礼教的强烈控诉。陆母根据《礼记·内则》中“子甚宜其妻，父母不悦，出”的话，强迫陆游休掉唐琬，唐琬对此十分愤慨，“雨送黄昏花易落”暗喻自己被迫与陆游离异，被陆母赶出家门。从那时起，自己就生活在愁苦之中，“晓风”虽然吹干了花草上的露珠，但却吹不干自己那不枯的泪水。唐琬常常内心悲泣，整夜难眠。而要把这种“心事”写下来寄给陆游，却难以完成，只有斜靠栏杆，把“心事”藏在肚子里。这“心事”便是与陆游难舍难分的爱情关系。唐琬既已改嫁，按封建礼法，只有一心一意侍奉新夫，想要表明自己改嫁后还在依爱着陆游的这种复杂感情，又怎么能够呢？真是难！难！难！

下阕进一步写自己与陆游离异后愁苦的凄凉境况。人已分离，再不能像从前那样你欢我笑、夫妻恩爱了。但灵魂还常常像秋千架上的绳索一样，在你我之间飘来荡去。这里以“病魂”比喻自己两地相思的执着与痛苦，更为深沉哀痛，令人不忍卒读。这种凄凉的相思之情，白天还稍稍平淡，可到了晚上，如无形的绳索，赶不走，砍不断，萦绕眼前。“角声寒，夜阑珊”就是对这种苦情的真切描摹。“怕人寻问，咽泪装欢”则更进一层，“人”当指新夫，自己深夜无以成眠，又怕新夫猜问，只得强装笑脸。既有如此执着之苦情，还得强言装欢，还得瞒！瞒！瞒！此情此景，悲何以堪！

这是一曲咏唱爱情的悲歌，在对封建婚姻制度的无情控诉与揭露声中，真切地表露了自己缠绵执着的相思苦情，具有强烈的艺术感染力。

关于这首词的真伪问题，学者多有争议。南宋陈鹄《耆旧续闻》只记载唐琬见陆游《钗头凤》之作后，和了一首词，其中有“世清薄，人情恶”之句，“惜不得其全阕”，到明代时则被收录于《古今词统》之中。可以认为这首词是后人所补。陆游《钗头凤》一词问世后，影响很大，后人多有附会之作。不管本词是真是伪，词中所描述的那种真切而执着的相思苦情，确实引起了人们的共鸣，其艺术感染力自不待言，应从这个角度来欣赏这首《钗头凤》词。

木兰花慢

张孝祥

送归云去雁，淡寒采满溪楼。正佩解湘腰，钗孤楚鬓[1]，鸾鉴分收[2]。凝情望行处路，但疏烟远树织离忧。只有楼前流水，伴人清泪长流。　霜华夜永逼衾

裯[3]，唤谁护衣篝[4]？念粉馆重来，芳尘未扫，争见嬉游[5]。情知闷来殢酒[6]，奈回肠不醉只添愁。脉脉无言竟日，断魂双鹜南州[7]。

【注释】

〔1〕钗：两股笄并为一起，首饰的一种。

〔2〕鸾鉴：饰有鸾鸟图案的梳妆镜。

〔3〕衾裯：寝时覆体之具。衾，大被。裯，帐。

〔4〕衣篝(gōu)：薰衣用的竹薰笼。篝，竹笼。

〔5〕争：犹“怎”。

〔6〕殢(tì)酒：病酒，困酒。此指借酒消愁。

〔7〕鹜(wù)：鸭。

【赏析】

根据今人考证，张孝祥的两首《木兰花慢》，均为怀念其子张同之的生母李氏之作。金兵南侵时，张孝祥一家南逃，途中与李氏相识，两情依依，同居一处，于高宗绍兴一十七年(1140)生下张同之。后张孝祥不得已与李氏分手，李氏携九岁的儿子回其故乡安徽桐城的浮山学道。不久，张孝祥即作此《木兰花慢》词，寄托情思，怀念李氏。

上阕写与李氏不忍分离的情景。首两句点出时间，“归云”“去雁”喻即将离别的李氏，“淡寒”表明是八月清秋季节，同时烘托气氛，全词的格调由此显得深沉哀婉，不胜悲凉。“正佩解”三句，写惜别时互赠信物的场景：本是两情相依，无奈被迫分手，从此后金钗成单，宝镜分持，再难有相见之日了。李氏含泪而别，竟织成了一片愁网，使人忧伤难禁。而自己的泪水，亦如眼前的流水一般，流个不停。

下阕写对李氏的怀恋。在此霜洒露浓、寒气袭人的夜晚，谁会替自己收拾洗换衣服呢？言下之意，李氏当初对自己关怀备至。走进李氏原来住过的楼馆，依然是李氏在时的样子，依稀可以看到她的音容笑貌，可当时那种无忧无虑的景况今后怎么能再出现呢？回首往事，使人心情沉郁，只能借酒消愁，但酒愈饮愁愈深。“回肠不醉”写出自己对李氏的深切眷恋之情，最能动人感情，非置身其间，不能写出。在这种情况下，自己难以吐出胸中块垒，只能“脉脉无言竟日”，把一切都化为情思，寄给远方的李氏。“双鹜”化用东汉明帝时叶县令王乔每月初一、十五从叶县上朝，不乘车骑，而

乘双凫自东南而至的典故。这里以“鸳”代“凫”。“南州”泛指南部各州。李氏所在的浮山在长江之北，南宋的都城临安（今杭州）及二人分手之处建康（今南京）在其东南，故称。

这首词把作者对李氏的深沉眷恋而被迫分离的感情，写得隐晦含蓄，而情韵绵密，文辞优美，颇受词论家的好评。明代杨慎《词品》评张孝祥词说：“清丽之句，如‘佩解湘腰，钗孤楚鬓’，不可胜载。”此论颇为中肯。

浣 溪 沙

张孝祥

绝代佳人淑且真[1]，雪为肌骨月为神，烛前花底不胜春。　　倚竹袖长寒卷翠，凌波袜小暗生尘[2]，十分京洛旧家人[3]。

【注释】

〔1〕淑且真：姿容美好而心地善良纯真。真，正，与“邪”相对。

〔2〕凌波：形容女子步履轻盈。

〔3〕京洛：泛指京城。旧家：此指世家大族。

【赏析】

张孝祥是南宋爱国主义词人，写下了《六州歌头》（长淮望断）、《水调歌头》（雪洗虏尘静）等一些有历史意义的名篇，后人称其词有“凌云之气”，豪放超迈是其词的主要特点，而张孝祥也写出了一些清新小词，这首《浣溪沙》即是其一。

这首词是对一歌女的描摹。上阕写佳人之美好。“淑且真”是说她不但姿容美好，且一言一行都显得心地纯真善良。“雪为肌骨月为神”描写佳人神态，肌肤白腻如雪，神态安详自然犹如满月。如此美好之女子，在春夜之烛下或花丛之前，更显得姿容妙曼而令人怜爱叹惋。

下阕写佳人的舞姿。长袖曼舞，步履轻盈，身材美好，又擅长舞技，一定是从京城世家大族出来的女子。“十分”表示肯定的语气，又含有由衷的赞叹之意。

这首小词写得清新婉丽，一气呵成，采用白描的手法，对歌女的描摹出神入化，简洁之中透出明快。

阮郎归

客中见梅

赵长卿

年年为客遍天涯，梦迟归路赊[1]。无端星月浸窗纱，一枝寒影斜。　　肠未断，鬓先华，新来瘦转加。角声吹彻《小梅花》，夜长人忆家。

【注释】

〔1〕赊(shē)：长，远。

【赏析】

这是一首抒怀词。首句开宗明义，说自己久居在外，到处漂泊，无以为家。赵长卿为宋宗室，在北南宋交际之时，也自然地陷于流落丧乱之中。而他的丧乱之感又比常人要深刻得多。以前优游自如，颐指气使，金兵入侵，使他突然间降至社会底层，狼狈不堪。因此，对赵长卿来说，感受最深的就是“年年为客”，到处流落，过去那种花天酒地的生活则在梦里也难得再出现了。一个“赊”字，道出了词人这种孤苦伶仃、凄恻难耐的可怜境况。在百无聊赖的心境下，就连星月之光照进宿处窗前这一自然景致，也觉得莫名其妙，“无端”一词贴合流落之人的心境。这“无端”照进之星光，使得一枝梅花映入眼帘。点出“客中见梅”，而且这梅也是“寒”梅，烘托出一种凄寒的气氛。

下阕写客居之苦。“肠未断，鬓先华”。词人经年漂泊，心中凄苦，自不待言，连两鬓之发也变得苍白了。且“新来瘦转加”，人也变得更加瘦弱了。想到奔波之苦难得有个尽头，不由得吹起了《小梅花》的曲子。作者因漂泊流浪而见“寒”梅，因见“寒”梅而感叹鬓华，“瘦转加”凄苦之中又吹梅曲，最后又归之于“夜长人忆家”，把怀念过去的豪华生活、感叹目前客居漂泊之苦的心情全然表露了出来。

从南唐后主李煜的词中，能感到那恰似“一江春水向东流”的亡国愁情；而从赵长卿的词中，感到的则是丧家流落的悲苦之音。

祝英台近

晚 春

辛弃疾

宝钗分[1]，桃叶渡[2]，烟柳暗南浦[3]。怕上层楼[4]，十日九风雨。断肠片片飞红，都无人管。更谁劝、啼莺声住[5]？　鬓边觑[6]，试把花卜归期，才簪又重数。罗帐灯昏，哽咽梦中语：是他春带愁来，春归何处？却不解、带将愁去[7]。

【注释】

〔1〕宝钗分：临别分钗相赠。

〔2〕桃叶渡：晋王献之与妾桃叶离别的地方，在今南京秦淮河与青溪合流处。《隋书·五行志》：“陈时，江南盛歌王献之桃叶之词曰：桃叶复桃叶，渡江不用楫。但渡无所苦，我自迎接汝。”

〔3〕南浦：古时送别的地方。《楚辞·九歌·河伯》：“送美人兮南浦。”江淹《别赋》：“送君南浦，伤如之何？”

〔4〕层楼：高楼。

〔5〕更谁劝、啼莺声住：唐金昌绪《春怨》：“打起黄莺儿，莫教枝上啼。啼时惊妾梦，不得到辽西。”此句化用其诗意。

〔6〕觑：窥视，斜视。

〔7〕带将愁去：一本作“和愁将去”。

【赏析】

辛弃疾词的特点之一，就是“融会百家，为我所用”。这首闺怨词也是如此，信手拈来，用典不露痕迹。

上阕由伤别到伤春。前三句连用典故，都是古人离别时的物事，写思妇与人别离的苦恨。“怕上层楼”是因为登上高楼，就会看见晚春时节，“十日九风雨”使得落红片片。而莺啼不住，预示着春将归去（古人以“莺残”“莺啼残春”作为晚春的标志之一），谁又劝阻得住呢？此时由伤别到伤春，充满了思妇思人不得、留春不住的惜别伤春之情。

下阕抒写思妇的怀人之情。春将去而人未归，愁苦之际，偶尔看见了鬓边所插的花枝，灵机一动，便想用花瓣的数目来占卜情人的归期，更细腻的是“才簪又重数”，数过一遍把花插在头上后又取下来再数一遍。这里化用晏几道《归田乐》词“试把花期数，便早有感春情绪”词意，妙在词人更深化了一步，把思妇思念情人的痴态和急切之情，描摹得真切感人。这是白天的情景，晚上则用“罗帐灯昏”喻夜之深，影之孤；“哽咽梦中语”，形容情之苦，情之急。末尾写“春带愁来”，但春归在何处？不明白又怎样把愁带去。

这首词写得缠绵悱恻，在辛词中别具一格，深得词论家注目。沈谦《填词杂说》评说：“稼轩词以激扬奋厉为工，至‘宝钗分，桃叶渡’一曲，昵狎温柔，魂销意尽。才人伎俩，真不可测。”辛词多样化的风格由此可见一斑。

鹧 鸪 天

代 人 赋

辛弃疾

晚日寒鸦一片愁，柳塘新绿却温柔。若教眼底无离恨，不信人间有白头。　　肠已断，泪难收，相思重上小红楼。情知已被山遮断，频倚阑干不自由。

【赏析】

这首词题作“代人赋”，至于所代之人是谁，已不得而知了。词的主人公当是早春伤别的思妇。

上阕抒写离恨。在早春的傍晚，寒鸦归栖双居，引发思妇一片愁思，而门前池塘边的柳条也丝丝垂挂，绽发出温情脉脉的绿意。既有如此之春景，自己却要孤清一人，苦守春夜，连那尚能双居的寒鸦也不如。一正一反，对比强烈，思妇怎能不愁怨伤恨呢？思妇怨恨之余，不由得发出“若教眼底无离恨，不信人间有白头”的感慨。自己之所以“白头”，是因为思念离去的情人所致。

下阕写相思。“肠已断，泪难收”写相思之苦、之深，以至于只能清泪长流了。“相思重上小红楼”有两层含意，其一，“小红楼”是昔日与情人相聚的地方，而现在“重上”这里，是想看情人的遗迹遗物，追怀以往的缠绵情思，以解相思之苦；其二是登高望远，以眺望情人所去的地方。而“情知”情人所去之地遥远，已被青山“遮断”，但还是要“频倚阑干”去望、去想，使得词意更为深长、哀婉。

“代人赋”一类的名称，在文学作品中并不少见，辛弃疾之前的李商隐有《代赠》、苏轼有《少年游·润州代人寄远》等等，名义上是“代”，而实际上却抒发的是作者自己的思想感情。辛弃疾这首“代人赋”也许是作者借以表达他那种壮志难酬的政治情怀吧。

青 玉 案

元 夕[1]

辛弃疾

东风夜放花千树[2]，更吹落、星如雨[3]。宝马雕车香满路。凤箫声动[4]，玉壶光转[5]，一夜鱼龙舞[6]。

蛾儿雪柳黄金缕[7]，笑语盈盈暗香去。众里寻他千百度，蓦然回首[8]，那人却在，灯火阑珊处[9]。

【注释】

〔1〕元夕：旧时称农历正月十五为上元，上元之夜为元夕，即元宵。

〔2〕花千树：形容灯火之多如千树花开。或指在树上安置灯花，犹如花开的样子。

〔3〕星如雨：形容燃放的焰火之多。

〔4〕凤箫：装饰成凤样的箫。此指民间社火、歌舞。

〔5〕玉壶：比喻月亮。一说指装饰精美的华灯。

〔6〕鱼龙舞：指耍狮子、耍鲤鱼、舞龙灯一类的节日游艺。

〔7〕蛾儿雪柳：指妇人头上戴的饰物。黄金缕：黄金抽成的丝线，指蛾儿、雪柳为金丝饰成。

〔8〕蓦然：忽然。

〔9〕阑珊：零落，将尽。

【赏析】

这首词上阕写元宵之夜的热闹场景。开头一句极妙。元宵之夜，从古到今都是张灯结彩，布置花树，施放焰火，这本是人为之景，而作者却借入“东风”一词，使之变得自然化了，形象地描绘出花树、焰火的场面之热闹广大。街市上装饰精美的车马不断，而各种各样的民间社火、歌舞，也在这灯光、月光交相辉映的元宵之夜此起彼伏。“一夜鱼龙舞”形容热闹酣畅之情景。

下阕写寻人。在这熙熙攘攘、热烈酣畅的元宵之夜，自己所要找的心上人在哪里呢？只见满街市的年轻女子，插戴着饰有金丝的蛾儿、雪柳，欢欢喜喜，来来去去。“盈盈”形容年轻女子的仪态美好。“暗香”指花香，借称众年轻漂亮的女子。而如此之多的，在花灯下穿梭往来的女子，都不是自己的心上人，因此，不惜千百遍地寻找。突然间无意回头一看，自己心中的佳人却在那灯火稀疏的地方。“众里寻他千百度，蓦然回首，那人却在，灯火阑珊处。”这几句看上去是在写自己心目中的佳人之幽寂、冷落，在热闹的花市间决然寻她不到，实际上是词人高洁品格的自我写照。《艺蘅馆词选》引梁启超语：“自怜幽独，伤心人别有怀抱。”但这首词的影响却不完全在此，王国维在《人间词话》中论及古今之成大事业大学问者，必须经过的三个境界时，将这几句作为了第三境界。这第三境界的意思是，只有经过艰苦的努力奋进、顽强拼搏之后，才能出现“得来全不费功夫”“无心插柳柳成荫”的效果。这几句话作为人生成功道路必经的最高境界而闻名于世。

西　江　月

夜行黄沙道中〔1〕

辛弃疾

明月别枝惊鹊〔2〕，清风半夜鸣蝉。稻花香里说丰年，听取蛙声一片。　七八个星天外，两三点雨山前。旧时茅店社林边〔3〕，路转溪桥忽见〔4〕。

【注释】

〔1〕黄沙道中：黄沙岭，在上饶之西，有山泉之胜，作者当时经常往来其间。

〔2〕“明月”句：苏轼《次韵蒋颖叔》诗：“月明惊鹊未安枝，一棹飘然影自随。”别枝，意指乌鹊选枝栖息。

〔3〕社林：土地庙的树林。社，土地庙。

〔4〕见：通“现”。

【赏析】

这首词是作者闲居上饶带湖一带时所作。既是闲居，时间又长（前后长达二十年），因此总要和当地居民或多或少地进行接触。而作者又甚为关切人民，农家的欢乐疾苦，无疑会显现在他的身心上。一个夏夜，作者又过黄沙道间，沿途的和乐景象一下子使他陶醉了。

词的上阕简洁明了，作者选用了一路所闻所见的几处景致：明月中的惊鹊、半夜随风而来的阵阵蝉鸣及稻香，池塘水田的蛙声，给我们勾画出一幅田园夏夜的风景图。字里行间透出词人祝愿农民粮食获得丰收的思想感情。下阕继续写景。天上的乌云飘到头顶，只能偶然从云缝间看见七八个忽隐忽现的星星；随着云脚，又飘下两三滴清凉的雨点。“天外”言星星在云层之外，方见其高；“山前”是说云脚扫过山头之处，自然落下几滴地形雨。从这犹如夏夜阵雨一样叫人备感清新的句子当中，让我们感受到了词人细腻的笔触。也正因词人沉浸在这夏夜的美好情景之中，所以已走过了平时常经过的“社林”之边才感到熟悉；转过了山路，溪桥已到了眼前才说“忽见”。平时熟识的地理标志，本来未到之前早已心中有数，可词人却连用“旧时”“忽见”几个词，仿佛恍然大悟的样子，把词人留恋田园景色的情致细微地刻画出来。

这首小词勾画出了农村的田园风光，表现了词人陶醉其间的思想感情，让人感受到了一种扑面而来的清新气息。其中“稻花香里说丰年，听取蛙声一片”，在写景之中，又以“蛙声一片”来形容稻花香所预示的丰年时节的那种热闹场面，构想奇特，为传神之笔。

贺　新　郎

刘　过

老去相如倦，向文君说似，而今怎生消遣？衣袂京尘曾染处，空有香红尚软。料彼此、魂消肠断。一枕新凉眠客舍，听梧桐、疏雨秋风颤。灯晕冷，记初见。楼低不放珠帘卷，晚妆残、翠钿狼藉，泪痕凝面。人道愁来须殢酒[1]，无奈愁深酒浅。但寄兴、焦琴纨扇[2]。莫鼓琵琶江上曲，怕荻花、枫叶俱凄怨[3]。云万叠，寸心远。

【注释】

〔1〕殢酒：病酒，困酒，指沉溺于酒中。

〔2〕焦琴：即焦尾琴。《后汉书·蔡邕传》：“吴人有烧桐以爨（烧火做饭）者，邕闻火烈之声，知其良木，因请而裁为琴，果有美音。而其尾犹焦，故时人名曰焦尾琴焉。”代指质地优良的琴。纨扇：细绢制成的团扇。古人常在扇上题诗，故此处用作

写诗赋词的代称。

〔3〕“莫鼓”二句：白居易《琵琶行》有“枫叶荻花秋瑟瑟”之句，此化用其意。

【赏析】

这首词一题作《怀旧》，词下有跋：“壬子（南宋光宗绍熙三年，即1192年，作者三十九岁）春，余试牒（选拔举人的考试）四明（今浙江宁波），赋赠老娼，至今天下与禁中皆歌之。江西人来，以为邓南秀词，非也。”当时作者未能考中，落魄之际，遇一半老妓女，同病而怜，甚为相得。后作此词相赠。

词一开始就写自己落第后的烦闷心绪。词人曾多次参加选拔举人的考试，不幸都没被录用，这次依然落选，其失意消沉之情可想而知。因此，不知不觉间走向秦楼楚馆之地，恰遇老妓，又见老妓颇解人意，便情不自禁地诉出自己心中的愁苦。因二人相得，故作者以情投意合的司马相如、卓文君自喻。“倦”字道出了作者的困顿失意之情。“怎生消遣”是作者倾吐胸中烦闷愁苦的呜咽之语，最为伤情。作者回忆起当初曾上都城临安向皇帝进恢复北方之方略的情景，希望会有所作为，谁知竟没有被当政者录用，作者只得到酒馆妓院，消解心中之愁，“空有香红尚软”即指此事。“料彼此、魂消肠断”是自指，也设想老妓感伤自己人老珠黄，穷困清寒，不比当年红极之时一掷千金的境况了，凄凉伤感，又面对窗外秋风秋雨吹打梧桐的萧条秋景，二人相对无言，望着泛着冷晕的灯盏，不由得心中发“颤”。此情此景，人何以堪！

下阕承上，写初见面时老妓的情状。“楼低”是说居处之寒伧，“不放珠帘卷”是不想见外人（不放，不让的意思）。“晚妆残”三句，写老妓的凄残景况，词人同病相怜，便与其借酒消愁，怎奈“愁深酒浅”，愈饮愈愁，因而寄意于抚琴和赋诗。“莫鼓”二句，借白居易《琵琶行》的意境而反用之，喻其愁怨凄苦之深沉，以至于不忍听忧怨之曲了！同时作者以“同为天涯沦落人”喻比自己与老妓，也非常贴切。结句“云万叠，寸心远”则抒写词人的胸臆，不同凡响。

小重山令

赋潭州红梅[1]

姜　夔

人绕湘皋月坠时[2]。斜横花树小、浸愁漪。一春幽事有谁知？东风冷，香远茜裙归[3]。　鸥去昔游非。遥怜花可可[4]、梦依依。九疑云杳断魂啼[5]。相思血，都沁绿筠枝[6]。

【注释】

〔1〕潭州：今湖南长沙、株洲、湘潭一带，治所在长沙。

〔2〕湘皋：湘江岸边。湘江流经长沙。

〔3〕茜裙：绛色裙。

〔4〕可可：模糊，隐约。

〔5〕九疑：山名。也叫九嶷，在湖南宁远县南。

〔6〕“相思血”二句：相传舜死于苍梧，二妃娥皇、女英追至，哭帝极哀。泪染于竹，斑斑如血。筠，竹。

【赏析】

这首词是词人见潭州红梅而作。上阕首句“人绕湘皋月坠时”，点出潭州，句中“人”即是词人自己，时在“月坠时”。历代咏梅诗作可谓纷繁，但以宋人林和靖的“疏影横斜水清浅，暗香浮动月黄昏”最为人传诵。白石（姜夔，号白石道人）有自制曲《暗香》、《疏影》，可以看出他对林诗之倾倒。词人眼中所见梅花是“斜横花树小、浸愁漪”。这是对林氏“疏影”一句诗的改写，同时又将词人的感情色彩通过“愁”字贯注进去。他为什么会愁呢？是因为自己的“一春幽事有谁知？”这表明了他在怀人，那么他又是怀念何人？“东风冷，香远茜裙归”，原来是一位女子，这可能是他的情人。

下阕承接上文，表达自己刻骨铭心的思念。“鸥去昔游非”，鸥是水边常见的鸟，由眼前所见想到伊人也像鸥鸟一般翩然飞逝，词人心中该有多么沉痛。“遥怜花可可”既是在月坠时花枝隐约，又是上阕结句“香远茜裙归”印象的逐渐朦胧，但词人仍然爱怜不止，他的情感像梦一样依依缠绵。他想起了那个著名的传说来：“九疑云杳逝魂啼。相思血，都沁绿筠枝。”自己的相思不也如此强烈吗？

运用这个典故，省却了许多笔墨，而且由娥皇、女英泪洒于竹，斑斑如血转换到红梅，在词人看来，红梅不也是自己相思血染成的吗？

这首词开始突出词人孤愁思念的无以排遣，到结句相思化红梅，情绪终于爆发，但却别出机杼。

点绛唇

丁未冬过吴淞作[1]

姜夔

燕雁无心[2]，太湖西畔随云去。数峰清苦，商略黄昏雨[3]。　　第四桥边[4]，拟共天随住[5]。今何许？凭阑怀古，残柳参差舞。

【注释】

〔1〕丁未冬过吴淞作：宋孝宗淳熙十四年(1187)，姜夔自湖州往苏州见范成大，道经吴淞作此词。吴淞，又叫松江、松陵，即今吴江。

〔2〕燕雁：自北地飞来之雁。燕，燕地。

〔3〕商略：犹言商量，商讨。

〔4〕第四桥：甘泉桥。《苏州府志》："甘泉桥一名第四桥，以泉品居第四也。"

〔5〕天随：唐代诗人陆龟蒙，号天随子，苏州人，隐居松江甫里。

【赏析】

词人从眼前所见景物起笔。燕雁随着云向太湖西畔飞去，这是下雨前的景象。又由"云"字引出下文中的"黄昏雨"。季节已是冬天，大雁南飞，本能使然。"燕雁无心"，貌似超脱，其实也是不得已，词人用以比喻自己飘零江湖的生活。"数峰清苦，商略黄昏雨"未免太有情，太执着。"苦"是一种味觉，词人用来写岁暮天寒的萧瑟山谷，形象极为逼真，而且富有意味。"清苦"二字，词人把自己心底的凄凉客思贯注进去，让山峰也带上了人的情感色彩。"商略"二字，前人评为"诞妙"，它妙就妙在想象奇绝的拟人手法，把景物写活了。

下阕转而写情。"第四桥边，拟共天随住"不仅点出词序"过吴淞"的意思，而且直抒胸臆，提出"拟共天随住"的想法。天随子终老布衣，自号"江湖散人"。姜夔一生不曾仕宦，漂泊江湖，身世遭遇与天随子很相似，因此他对天随子非常钦敬。

"今何许？"陡然一转。"凭阑"即是远眺，结合上阕数句。"怀古"即是伤今，这一句气象阔大。柳舞本来是柔婉的，而"柳"上着"残"字，"舞"上加"参差"，便让人觉得悲壮苍凉。著名词评家陈廷焯非常欣赏结尾三句，他说："白石长调之妙，冠绝南宋。短章亦有不可及者，如《点绛唇》一阕，通首只写眼前景物，至结处云：'今何许？凭阑怀古，残柳参差舞。'感时伤事，只用'今何许'三字提倡，'凭阑怀古'下，仅以"残柳'五字咏叹了之，无穷哀感，都在虚处，令读者吊古伤今，不能自止，洵推绝调。"

杏花天

清明

史达祖

软波拖碧蒲芽短，画桥外、花晴柳暖。今年自是清明晚，便觉芳情较懒。　　春衫瘦，东风剪剪，过花坞，香吹醉面。归来立马斜阳岸，隔岸歌声一片。

【赏析】

清明在春分后十五日，是古代人上坟祭祖的日子，也是人们去郊外踏青赏春的日子。江南一向春早，到清明正是春光无限。词人站在画桥畔向下看，春水泛起柔波，如同一条碧绿的长带，河岸蒲草也萌出嫩芽。"软波"从水之形状写春，"拖碧"则与冬日之灰黑作比，从水之颜色写春。凭栏远眺，只见花色鲜丽，杨柳温润。词人用"晴""暖"二字形容花、柳，直接表达出词人的感受。"今年自是清明晚"，词人寻芳的兴趣也就不那么强烈了。但词人终究还是去了。他脱掉臃肿的冬衣，换上轻便的春衫。杨柳风吹过，好不惬意。行过一片花坞时，扑面而来的花香使他沉醉。太阳西下时纵马归来，更有一阵歌声被风吹送耳边。

这首词用笔极为经济。上阕先说自己寻芳之情较淡，下阕全用白描，但喜悦之情溢于言表。

双双燕

咏燕

史达祖

过春社了，度帘幕中间[1]，去年尘冷。差池欲住[2]，试入旧巢相并。还相雕梁藻井[3]，又软语，商量不定。飘然快拂花梢，翠尾分开红影。　　芳径，芹泥雨润[4]。爱贴地争飞，竞夸轻俊。红楼归晚，看足柳昏花暝。应自栖香正稳，便忘了、天涯芳信。愁损翠黛双蛾，日日画栏独凭。

【注释】

〔1〕度(duó)：推测，估计。

〔2〕差池：形容燕子摆动双翼和尾羽的样子。

〔3〕相(xiàng)：观察，看。藻井：绘着花纹的天花板。古时有些建筑，在天花板当中开个方形或圆形的洞口，似井，加彩绘图案，故称。

〔4〕芹泥：带草的泥。

【赏析】

这首词是史达祖的咏物名篇。

上阕写燕子初归。时光到了春天社日，词人揣想着燕子又该归来，结果真的飞回了。它们先是有些迟疑地徘徊了一阵，然后在旧巢上停下来，双双紧靠在一起。“欲住”二字甚妙，写出了燕子初回旧地的生怯。燕子打量着天花板，“又软语，商量不定”，这一句极为传神。词人赋予燕子以人性，也就是灵性；既是鸟通人情，更是人知鸟性。一转眼，却见燕子飞出去，极为轻捷地掠过花树枝头，深绿色的尾翼把枝头红影蓦地剪开。燕子飞行本领之高超于此可见。

下阕写燕子之乐与思妇之愁。花间小径上，春草初生，泥土沁润。快活的燕子贴地飞行，你追我赶，相互比谁最轻灵。词人用“芹泥”二字暗示着燕子既玩耍也衔泥补巢。它们玩了一整天，繁花绿柳看了个够，直到黄昏降临。“柳昏花暝”极为精炼，“看足”极富动感，简练地写出天色正晚，又暗示燕子玩了一整天，一归巢，燕子就沉沉睡去，完全忘却了天涯游子托的书信。“应自栖香”句真如天外飞来之神笔，充分体现了作者独具匠心。结句则写托书人的妻子，双眉都愁皱了，她天天倚栏，痴痴地等待着“天涯芳信”。表面虽似在怨燕子，事实上却传达了思妇春草又绿而王孙不归的怨怀。由燕到人，转换得自然而巧妙。

临 江 仙

闺 思

史达祖

愁与西风应有约，年年同赴清秋。旧游帘幕证扬州。一灯人著梦，双燕月当楼。　　罗带鸳鸯尘暗淡，更须整顿风流。天涯万一见温柔。瘦应因此瘦，羞亦为郎羞。

【赏析】

自从宋玉发出“悲哉秋之为气也”的慨叹，秋便与愁联系在一起。千载而后的文人仍然如此。只不过引发各人悲怀的具体原因不同罢了。

上阕一开头，作者就肯定地说：“愁与西风应有约”，要不然它们为什么会“年年同赴清秋”呢？人在情绪低落的时候最容易忆起往事，词人想起了当年游历扬州时所结识的女子。自别后，二人何曾再聚首？他想象着在静寂的深夜，孤灯独明，她正在做着团圆梦，而窗外却一轮月满，燕子双栖。作者以自然界的圆满反衬人的孤单，凄楚之情虽未明说却感人至深。

下阕作者继续想象着。尘土使她罗带上绣的鸳鸯图案变得暗淡无光了，可见她很久就无心修饰自己了。古语说：“女为悦己者容”，因此从“鸳鸯尘暗淡”可以看出她对他的痴情。虽然音讯杳然，她心中还是抱有一线希望：说不定哪一天他会突然回来。正是这种万里盼郎归的急切渴望使她消瘦，同时也替久不归来的游子感到羞愧：他是男子，却忍心丢下她一个人孤单单地苦熬日子！

此词写得较为工巧。“一灯人著梦”及“瘦应因此瘦”两句看似平常却经过锤炼，不是信口可说出者。表现思妇之愁苦也没有直说，而是通过人缺月圆燕成双以及尘暗鸳鸯带，从侧面暗示烘托，颇有含蓄蕴藉之致。

玲珑四犯

史达祖

雨入愁边，翠树晚，无人风叶如剪。竹尾通凉，却怕小帘低卷。孤坐便怯诗悭，念后赏、旧曾题遍。更暗尘，偷锁鸾影，心事屡羞团扇。　　卖花门馆生秋草，怅弓弯，几时重见。前欢尽属风流梦，天共朱楼远。闻道秀骨病多，难自任，从来恩怨。料也和、前度金笼鹦鹉，说人情浅。

【赏析】

这首词写别后情人的凄苦与无奈。

盛夏的一个傍晚，一阵急雨使本来就忧愁的女主人公更加愁闷。静悄悄的，没有人陪伴她，只有枝头的绿叶在风中自在摇曳。上阙开头便交代时间和环境。下雨时，屋中反倒郁闷，她明知屋前的一片竹子能产生凉气，却不敢卷起小帘。因为竹子生机正盛，翠色欲滴，而自己却红颜愁损，两相对照该多么难堪！一人枯坐，诗情也悭吝得不来光顾，而当年，他们在一起时，题了多少诗！更难堪的是，细尘不知不觉地把当年象征夫妻永聚的鸾凤图案遮掩住了。从这里可以看出夫妻分别是多么长久，而女主人公的思念又多么执着。她想象着夫妻重聚时的情景，想到热烈处不禁满面飞红，虽然旁边无人，还是赶紧用团扇遮住自己。

上阕细致地写出了闺妇的孤苦思恋，那么天涯游子的心又该如何呢？“卖花门馆生秋草”，可见一年韶光又将尽。望着天边一弯月亮，他满心惆怅。何时再能相见，他也没有把握。从前的欢爱好像一场梦，而现在那女子住的彩楼远在天边，他什么时候才能回到她身边呢？有消息说她常生病，他确实清楚她生病的原因就是他们之间的恩恩怨怨。他推测，她一定在对鹦鹉诉说他的感情太浅。是他感情太浅吗？当然不是的。可他又怎么能将自己的苦衷跟她讲清楚呢？结句包含着多少凄楚与无可奈何！

古代交通不发达，多少男子离乡求取功名，妇女在家独居。往往新婚燕尔，便不得不洒泪分离，再相见又不知到什么时候。所以文学作品中写离愁别恨的便特别多。闺妇们往往抱怨男子寡情，其实男子也有苦衷，这首词即写此。

江　城　子

代　作

高观国

绿丛篱菊点娇黄，过重阳，转愁伤。风急天高，归雁不成行。此去郎边知远近，秋水阔，碧天长。　郎心如妾妾如郎，两离肠，一思量。春到春愁，秋色亦凄凉。近得新词知怨妾，无处诉，泣兰房。

【赏析】

这首“代作”词，以闺妇的口吻抒发对游子的思念。

思妇的目光落在篱边，一丛细竹犹是翠绿，初绽的菊花被衬托得非常娇美。季节已到暮秋，菊花又能开放多久？敏感的女主人公心情不免“转愁伤”。她抬头仰望，却见“风急天高，归雁不成行”。古代人传说可以系书雁足传给远方亲人，李清照就有“云中谁寄锦书来？雁字回时，月满西楼”的词句。当时交通不发达，书信往来很费时间，人们便以为是“秋水阔，碧天长”，路途遥远之故。上阕最后一韵由晏殊《蝶恋花》“欲寄彩笺兼尺素，山长水阔知何处”变来，只是语气更急促直率。

外有旷夫，内有怨女，他们的离愁别恨相同，因此下阕便说：“郎心如妾妾如郎，两离肠，一思量。”晋代作家江淹说出了多少离人的感受：“黯然消魂者，唯别而已矣！”恨别之情最易产生，也最强烈。闺妇的感觉正是这样，她“春到春愁，秋色亦凄凉”。等了很久，终于收到了丈夫的书信，里面却是责怪她，她的委屈无处诉说，只有去花房对兰低泣，让幽雅高洁的兰花作证了。

这首词模拟思妇的口吻，抒情朴直诚挚，成功地写出了闺妇对丈夫的强烈思念以及有苦难言的委屈心情。

西　江　月

卢祖皋

燕掠晴丝袅袅[1]，鱼吹水叶粼粼。禁街微雨洒香尘，寒食清明相近。　　漫著宫罗试暖，闲呼社酒酬春。晚风帘幕悄无人，二十四番花讯[2]。

【注释】

〔1〕晴丝：虫类所吐的丝，常飞扬空中，通称游丝，也叫晴丝。

〔2〕二十四番花讯：由小寒到谷雨共八个节气，一百二十日，每五日为一候，计二十四候，每一候应一花讯。

【赏析】

古代作家往往多愁善感，发而为诗词，其中也充满哀叹，因此这首词所表露出来的淡雅欣喜自然让我们感到新鲜。

春寒已经消退，人们出去踏春。满目春色，词人却只描绘了两样："燕掠晴丝袅袅，鱼吹水叶粼粼。"多么富有生机和情趣！这两句对仗工整，从中也可见出词人观察之细致。春天空气干燥，风吹过，人马踏过，都会扬起尘土，又因空气中弥漫着花香，尘土也有了香味，所以词人称为"香尘"。一阵微雨轻洒落，空气又变得非常清爽洁净，词人的欣喜之情便可想而知。

下阕转而写春天里人们的欢快。女人们翻出了在箱箧中压了一年的轻罗衫，男人们则呼朋唤友去饮酒酬春。"漫著"和"闲呼"两句白描，抓住了特征，准确生动地写出春来后人们的特有举动，而快乐从中流溢出来。第三句说傍晚"悄无人"'原来是人们出去游玩，流连忘返。只有吹面不寒的杨柳风轻轻拂动帘幕。词人立即补白一句:这不是风，而是报告二十四番花开的花讯呢！这个结尾很妙，有着丰富的潜台词。一般词人都感叹春天短暂易逝，这里用"二十四番花讯"便给人以春天很长的感觉，而且一番花落，又有一番花开，词人的欢快便很自然地表现出来。

括满江红

林正大

为忆当时，沉醉里、青楼弄日。闲想象、绣纬珠箔，魂飞心折。羞向姮娥谈旧事，几经三五盈还缺。望翠眉、蝉鬓一天涯，伤离别。　寻作梦，巫云结[1]。流别泪，湘江咽[2]。对花深两岸，忽添悲切。试与含愁弹绿绮[3]，知音不遇弦空绝[4]。忽窗前，一夜寄相思，梅花发。

【注释】

〔1〕巫云：《文选》中有宋玉《高唐赋》记楚王梦与神女欢会，神女辞别时说：“妾在巫山之阳，高丘之阴。旦为朝云，暮为行雨。”后来以此指男女欢会。

〔2〕湘江咽：晋张华《博物志·史考》：“尧之二女，舜之二妃，曰湘夫人。舜崩，二妃啼，以涕挥竹，竹尽斑。”又明王象晋《群芳谱》说：“世传二妃将沉湘水，望苍梧而泣。”

〔3〕绿绮：琴名。西汉司马相如弹琴而卓文君心动，二人结为夫妇。

〔4〕知音：《吕氏春秋·本味》记伯牙善鼓琴，钟子期善听琴，钟子期死，伯牙破琴绝弦，终身不复鼓琴。后世因谓知己为知音。

【赏析】

这首词是对玉川子《有所思》的改写，抒发别后对美人的热切思念。

上阕是对过去爱情的回忆和别后难聚的感伤。又见一轮满月，流落异地的文人不禁回想起当日饮酒半酣，二人并立窗前赏月的情景。他们在一起的日子多么快活！因此一想到她居室的美丽装饰，他便“魂飞心折”了。明月几回圆缺，而今他一人独对，简直都有些怕提旧事。往日的欢爱只会使人倍觉现在的孤凄难忍。明月满天，远方的人会与自己“千里共婵娟”吗？他不清楚，充满心中的只有离愁别恨。

下阕写自己深愁的无以排遣。身无彩凤之双翼，不能飞回爱人身边，就只好寻求梦里相会，但巫山云雨梦难成。心痛泪落，连那曾目睹娥皇、女英之哭的湘江也为他呜咽。由这夸张之语可见他爱恋之深。两岸江花红胜火，一片勃勃生机，未能使他愉快起来，反倒增添了他的悲切。想效司马相如弹琴，弦都弹断了还是遇不到知音，他的悲愁简直无法排遣了。到此为止，述说的一直是自己的深切思念。她是不是也在思念自己，他不知道。一夜的辗转无眠，到清晨有一股暗香袭来，抬头却见一枝梅花正开在窗前。他又惊又疑：这便是她么？结尾三句，笔法、情感都陡转，颇有柳暗花明的效果。

南乡子

洪咨夔

风雨过芳晨，多少愁红恨紫尘。两点眉尖凝远碧，纷纷，又被杨花误一春！　　金凤压娇云，睡起纱窗背欠伸。心事欲言言不尽，沉沉，乳燕雏莺触拨人。

【赏析】

暮春时节，一夜的风风雨雨，清晨起来会有多少娇红零落在泥泞里！风雨落花是自然界里很平常的现象，但在一个独守空闺的敏感少妇眼中，萎落的不是花，而是自己美丽的青春！这怎会不使她触目惊心？因而她认为落花满怀忧愁，怨恨自己委弃尘土的命运。这种感觉正是她移情于花的结果。凝眸远眺，花纷纷飘落。这里用“纷纷”二字，写出了落花之繁多。闺妇的复杂心理活动略而不说，给读者留下想象的余地。她心中千头万绪，一声长叹脱口而出：“又被杨花误一春！”表面上是抱怨杨花，实际上却是责怪那杨花一般薄情的郎君。青春一去不会回来，他竟然忍心让自己光阴虚度，整日里茕茕孑立，形影相吊。

下阕写她起床梳洗，她装束得很美，金凤钗插在娇云一样的柔发上。女为悦己者容，她打扮又是为谁呢？心中烦忧，夜里频醒，因此到天明她仍然慵倦不堪。开头两句纯用白描，但人物心理却分明可感。接下来说她“心事欲言言不尽”，为什么呢？“沉沉”，也就是心事太多太深，反倒无从说起。更难堪的是窗外乳燕双飞，雏莺偕翔，怎不让人倍觉孤凄呢？

这首词以白描见长，用语简练而蕴藉，有韵外之致。

少年游

方千里

东风无力扬轻丝，芳草雨余姿。浅绿还池，轻黄归柳，老去愿春迟。　栏干凭暖慵回首，闲把小花枝。怯酒情怀，恼人天气，消瘦有谁知？

【赏析】

上阕一开始就描写常见的游丝："东风无力扬轻丝。""东风无力"是说春风非常轻柔和煦，似乎连细细的游丝也不能吹动，一场春雨后，芳草萌出绿芽，只见"浅绿还池，轻黄归柳"，大有绿满天涯之势。词人用了"还"和"归"两个动词，似乎绿色是出远门的人，又回到家来。到此为止，词中一直洋溢着一股轻快的情绪。随后词人却出人意料地以"老去愿春迟"一句结束上阕，不免让人诧异。细想一下，春天或已回归，而人的年华却如流水一去永不回头，因此他的心情便可以理解了，而且"还""归"两字也为这种感情陡转做好了铺垫。

下阕写词人的情怀。他凭依栏杆，想让春阳驱走寒意。他说自己"慵回首"，其实是怕回首。回首前事，只会增加伤感，不回首不过是想逃避心中的伤感。"闲把小花枝"表面上看很幽雅闲适，其实更多的是一种无可奈何。精神的委顿使他见酒生怯，从今日的怯酒可以想见他往昔的豪饮。春天里阴晴无定的天气也让他恼恨，而当年可能是对此全不在意的。更难堪的是由于老病而日见消瘦，但又有谁知晓呢？词人的孤苦凄凉由此可见。

这首词先描写了生机盎然的春天的景象，随后以一句陡转将幻影戳破，让人知道词人的真正感受。在下阕对今日情状的描绘中又暗寓了今昔对比，非常含蓄。

满江红

岳珂

小院深深，悄镇日、阴晴无据。春未足，闺愁难寄，琴心谁与[1]？曲径穿花寻蛱蝶，虚栏傍日教鹦鹉。笑十三、杨柳女儿腰，东风舞。　云外月，风前絮；情与恨，

长如许。想待窗今夜，为谁凝伫？洛浦梦回留佩客[2]，秦楼声断吹箫侣[3]。正黄昏时候，杏花寒，帘纤雨。

【注释】

〔1〕琴心：西汉司马相如用弹琴传达心意，向卓文君求爱，世称“琴心”。后以指表达爱情。

〔2〕洛浦留佩客：指曹植，他在《洛神赋》中备述洛水女神之美，说“余情悦其淑美兮”,“解玉佩以要之”。

〔3〕秦楼吹箫侣：古代传说箫史善吹箫，能以箫作鸾凤之音。秦穆公女弄玉．也好吹箫．穆公将她嫁给萧史．并筑凤台给他们住。数年后，弄玉乘凤，萧史乘龙，升天而去。

【赏析】

这首词写闺妇幽独无依的怨情。

上阕写思妇愁难遣。她住在深深的庭院中，整天静悄悄的。这是通过环境描写来表现她的孤寂。她的心情则如初春的天气一样阴晴无定，这个比喻非常形象地表现出了思妇的心境。春意未浓，大雁不归，自己的一片深情寄托给谁呢？这又表现了她的百无聊赖。于是她只好去花间小径上追捕蝴蝶，或者在栏杆边教那鹦鹉说话来打破这死一般的静寂。因此当她看到柔弱的杨柳在风中摇曳生姿，婀娜得就像十三岁少女的细腰，不禁有些哑然失笑：你们初解风情，满怀热望，到头来也会和我一样有苦难言了。在一刹那的直觉里，思妇把杨柳与少女两种形象合而为一了。以上通过对动作、表情的描画把闺妇的复杂心情写了出来。

下阕是词人对此的感慨与评论。他先干练地推出两个意象：“云外月，风前絮”，这是写景么？作者紧接说：“情与恨，长如许。”这样我们就得把它们连起来理解。云后的月亮，时掩时出；风中的柳絮，有时飘然若飞，有时又被游丝纠缠。爱与恨不也常常如此吗？有时恨，有时爱；爱愈深，恨愈深，反之亦然。两相交织，真是剪不断，理还乱。这是词人油然而生的感叹。下来他推想：今夜里，她辗转无眠，只好伫立窗前望月，却是为谁呢？随后他自己答道：是梦想那如留玉佩给洛神的曹子建般深情的郎君吧，是梦想着有朝一日夫妻团圆，便如那吹箫的仙侣萧史、弄玉一样快活吧。梦想使人神驰，但现在的孤寂却要一分一秒地捱。在那幽深的小院，这时候正是黄昏，暮寒笼罩着娇弱的杏花，细雨飘洒在帘栊上，全词到此戛然而止，干净利落。而这最后的意象却造成了新的开始，引人进一步去想象，体味。

菩萨蛮

黄　机

相思绕遍天涯路，相思不识行人处。多病怕逢春，那堪春正深。　　日高梳洗懒，鸾镜香尘掩。双鬓绿蓬松，一帘花信风。

【赏析】

一摊开这首词，便有一声强烈的喟叹传到我们的耳鼓："相思绕遍天涯路"，情感是那么浓烈，抒情又是那么真率，让人不免讶异。相思这种抽象的心理活动，似乎变成了有情的青鸟，急速地飞遍天涯异路，却始终于找不到远行人今在何处。人多愁也就多病，多病更添烦忧。这种心情是怕见春光的。令人难堪的是现在春花正盛，春已过半，而自己却是青春空度，怎不惆怅！

上阕一声声深沉的感慨，使人们感动不已。犹如中国传统戏剧中，有些角色尚未出场，声音已从幕后传出。下阕幕布徐徐拉开，闺妇终于出台亮相。太阳已经升高，她却无心梳洗打扮，那明洁的铜镜也因为不常擦拭而落满细尘，平日她精心收拾的头发也是蓬乱着，这些既是对思妇形态的描绘，又是对上阕心理描写的补充。一阵风吹过，花香透过竹帘弥漫屋中，传达了花开的消息。花且有信，人呢？

这首词虽然短小，艺术上却相当讲究。上阕是直接的呼告，以声动人；下阕则是情态的描绘，以形动人。而深情却流溢于字里行间。上阕几乎把话说尽，不留余地，下阕纯用白描，让人仔细品味。

临江仙

黄　机

寒食清明都过了，客中无计留春。东风吹雨更愁人。系船芳草岸，始信是官身。　　怅望故园烟水阔，几时匹马骎骎[1]？别肠何止似车轮！殢天天不管[2]，转作两眉颦。

【注释】

〔1〕 骎骎(qīn)：形容马跑得很快的样子。

〔2〕 殢(tì)：引逗，烦扰。

【赏析】

这首词是词人在异地任职时，因春来而思念故园时所作。

开头便指出了词作的时间，"寒食清明都过了"，春天很快就要归去。下一句说"客中"道出了他是身在异乡。从"无计留春"可以知道，词人千方百计想留住春归的脚步，却只能无可奈何地眼看着春天一步步远去，词人的惜春之情可以想见。东风吹雨，枝头上花落得更多，春天也就归去得更疾，因此风雨更给词人添愁。他多想追上春天的脚步，一只行舟就系在岸边，待到要解缆绳时才想到自己竟是"官身"，身不由己，随后而来的更加失望和伤感，词人没有说，留待读者想象。

下阕写词人思归而不得。我们读过许多闺怨之作，思妇们总是抱怨游子不归。难道他们忘记了家乡和家中的亲人吗？这首词让我们知道了他们是欲归而不能。异地和故园之隔山阔水长，目力难及，词人仍然怅望不已。他多盼望有朝一日能快马加鞭飞返故乡！闺中少妇不解游子苦衷，抱怨他们心硬情薄，其实不然，古诗云："愁肠如车轮，一日千百转。"词人说自己"别肠何止似车轮"，意思更进一步。欲归不能，他只好求助于天，但"天意从来高难问"，根本不管这样的事，这时，须眉男儿不禁也要"转作两眉颦"了。

这首词写出了游子思归而不得的无奈与伤感，着意突出了内心愿望与外界环境的矛盾，使人产生同情。

生查子

元夕戏陈敬叟[1]

刘克庄

繁灯夺霁华[2]，戏鼓侵明发[3]。物色旧时同，情味中年别。　　浅画镜中眉，深拜楼西月。人散市声收，渐入愁时节。

【注释】

〔1〕陈敬叟：陈以庄，号月溪，建安人。刘克庄诗文之友。

〔2〕霁华：明月。

〔3〕明发：天发明，即天亮。

【赏析】

这是一首游戏之作，因陈敬叟与作者很熟悉，他自然不会把戏语当真。

写词的时间是元夕，即元宵。旧俗此夜张灯为戏，满城人皆上街游玩，非常热闹。

作者一开始先描绘了元夕的纷繁热闹。三五月圆，可是辉煌灿烂的灯火却使明亮的月光黯然失色，也就是"花市灯如昼"，那时缓时急的戏鼓直到清晨还在不停地敲打着，可见市人游赏了一个通宵。这种情景年年都有，今年与以往一样，也就是"物色旧时同"，而"情味中年别"，不同的却是年岁渐长，已到中年，感受自然不比少年。

是谁在发这样的感慨？下阕把人渐渐推出：她对镜浅浅地画了眉，又对着已经偏西的月亮深拜了几下，希望它下落得慢一些。月亮终于西沉，天也渐渐地高了，观灯看戏的人都散去，街市上也渐渐静寂下来。忧愁却从女主人公心头慢慢生发出来。她是担心这一年里再难见情人，还是想到从此又要在寂寞深闺中度日？作者隐去这些，留待读者想象。

刘克庄向以豪语见长，这首词却写得清隽婉曲，绘景写情，比较成功。

南柯子

严　仁

柳陌通云径，琼梳启翠楼。桃花纸薄渍冰油〔1〕。记得年时诗句，为君留。　晓绿千层出，春红一半休。门前溪水泛花流，流到西州犹是〔2〕、故家愁。

【注释】

〔1〕桃花纸：纸名。一用以糊窗，涂以水油，透明度较好。一作笺纸。这里当用前意。"冰油"或是"水油"之笔误，或形容水油之清亮。

〔2〕西州：地名。晋宋间扬州刺史治所，以其在台城西，故称。这里指丈夫远行的地方。

【赏析】

这首词也写闺愁，但着重于思念。

上阕一开始便是远景描写：垂柳依依的田间小径与大路相连，大路又向前延伸，无穷无尽，似乎直通向天边的云中去。"云径"一词充分写出了道路的杳渺漫长。是谁的眼睛看到这般景象？原来是一个美丽的女子站在绿树掩映的楼上，当窗梳妆。窗用桃花纸糊，并且涂以水油，因此很透明。清晨她随着第一缕晨曦醒来，每当她梳洗打扮时，很自然地想起爱她、欣赏她的丈夫来。他已经离家多年，自己有很多离情别恨要对他说。一首首诗就是自己深情的记录，等到有朝一日丈夫归来，她要让他细细地读，知道自己有多么爱他，多么想他。

一场春雨过后，绿叶更加纷繁，红花却落了不少。"晓绿千层出，春红一半休"，对仗工整却不板滞，恰切地描绘出了春雨后"绿肥红瘦"的自然界变化。春雨虽然不大，却也使门前的溪水上涨，万千落花在水中漂浮。思妇会因之叹息自己青春的流逝吗？作者没有说。一去不回头的小溪要流向何处？它要流到西州，那是她心上人所在的地方。从这故乡春水，他定然可以感受到妻子的柔情、忧愁和盼归之心。

像大部分的闺愁作品一样，这首词也是从思妇的角度写的，使它没有一味地渲染愁怨，而是透过闺愁写出二人之深情，可以说是别开生面。

减字木兰花

淮上女

淮山隐隐，千里云峰千里恨。淮水悠悠，万顷烟波万顷愁。　　山长水远，遮住行人东望眼。恨旧愁新，有泪无言对晚春。

【赏析】

初读这首词，我们以为这也是一首闺妇春愁词，但这首词的创作来历却使我们不能把它看作表现一般的春愁，而是借春思抒写作者的家国之恨。

北宋王朝庞大的官僚机构并没有造成强大的军事实力，相反，一直在几个兴盛的少数民族的军事压力下被动挨打，终于亡国。南宋王朝偏安江南一隅，只求苟且，并不想收复失地。北方少数民族便不断南侵，战乱频繁，受害的却是普通人民，淮上女便是其中之一。

上阕开头说"淮山隐隐"，可见她和其他人被驱北去，不断地走，离故乡越来越远了，也可见她是一步一回头，对故园留恋不舍，她心头的痛苦不言自明。

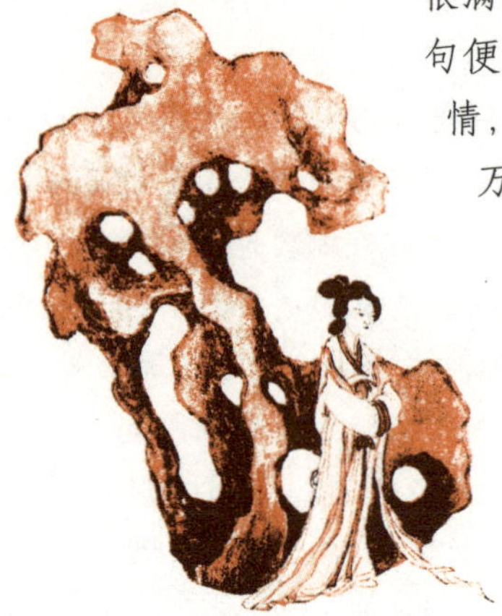

恨满心头，再也不能自已，所以“千里云峰千里恨”一句便脱口而出。脚下宽阔的淮水悠悠东去，流水本无情，但在这个满腹愁恨的女子眼里，却是“万顷烟波万顷愁”！

下阕“山长水远”四字，意味着又走了很久，连隐隐淮山和悠悠淮水也从视野中消失了。“遮住行人东望眼”是说她还想翘首回顾家园，视线却被遮住，她心中的最后一点安慰也没有了。“行人”通常指在外面奔波的男子，现在她也成了“行人”，却是被迫的，而且，她的命运比“行人”更惨：他们有朝一日还可以回家，自己呢，恐怕是永远难归了。境况如此，她更多地忧虑未来的命运，所以说“恨旧愁新”，眼前是一片晚春的衰败景象，自己的命运只会比雨打风吹萎弃于地的落花更坏。想到此，眼泪不禁流下来，但她却一句话也说不出。

这首词交织着一个年轻女子的血和泪。一个弱不禁风的女子，却承受了两个民族的厮杀所造成的灾难，其命运令人为之动容。

青　玉　案

吴　潜

黄昏先自无情绪，更几阵、风和雨。闲把楼头更点数。挑残灯烬，装成香缕，此际凭谁诉？　　新词旧曲歌还住，欲说相思渺无处。围定寒炉人不语。暗蛩啾唧，征鸿嘹唳，憔悴都如许。

【赏析】

这首词写相思。

情人远别，自己意兴萧索，到傍晚时情绪更坏。李商隐诗云“向晚意不适”，这首词第一句为“黄昏先自无情绪”，二者含义有差异。他说自己本来就情绪低落，并不是黄昏时才产生，但黄昏无疑加深了他的不愉快情绪，更不用说还有几阵凄风，几阵苦雨了。不能去散心，只好点数视野中的幢幢高楼。一个“闲”字把词人的无聊心情刻画出来。已到夜深人静，自己却是辗转难眠，一遍遍地挑灯花。从“挑残灯烬，装成香缕”中可以看出他的一往情深。这种深情“此际凭谁诉”

呢？这正是他无情绪的原因。

新词旧曲有那么多曾经喜欢的，但现在想咏歌又打不起精神，因为这些词曲尽是诉说相思之情，而自己所思念的人却杳渺难见。自己虽有满怀情思，对方却难以知晓。相思太苦！夜阑寒生，自己围在小炉旁一句话也不想说。躲在屋角的秋虫有气无力地鸣叫着，尚未南飞的大雁声音清亮而凄切。作者说，它们与我一样，"憔悴都如许"！因为自己满腹忧愁，便说一切事物都与自己一样含愁，这既是"物皆著我之色彩"，也可以从中看出词人的忧愁之深。

南　柯　子

吴　潜

池水凝新碧，阑花驻老红。有人独立画桥东，手把一枝杨柳、系春风。　　鹊绊游丝坠，蜂拈落蕊空。秋千庭院小帘栊，多少闲情闲绪、雨声中。

【赏析】

这首词给我们描绘了一幅闲雅的庭春图。

作者首先把视线对着庭园里的一池春水。因为空气折射和周围绿草萌发的关系，池水呈现深绿色。作者用"新碧"来形容。"碧"已使人领略了春色，"新"字更使人产生了天地焕然一新的感觉。动词"凝"字则好像水已固结为碧绿的温玉或翡翠，从中可见出春意之浓。

接着转向对栏杆边的红花的观察。栏杆是漆成深红色的，所以称为"老红"。旁边的几树红花的映衬，使得在日晒雨淋下颜色逐渐暗淡的栏杆又似乎鲜亮起来。从"阑花驻老红"可以看出作者观察之细微。我们再随着作者的目光，便看见"有人独立画桥东"。女主人公在干什么呢？作者慢慢说道："她手把一枝杨柳、系春风。"春风如何能系？她又为何要系春风？她的这一举动引起了我们的猜测。

作者并不直接回答，而是一笔荡开，写道："鹊绊游丝坠，蜂拈落蕊空。"游丝之细居然可以把喜鹊绊倒，这是夸张，写游丝之多而韧。蜜蜂满怀希望去采花，却扑了个空，可见又到了春意阑珊时。这样，我们就对系春风的原因知道了一点。作者又指给我们看，秋千随着风轻拂，并无人游戏；帘栊不开，似乎无人。最后他轻轻地告诉我们："多少闲情闲绪、雨声中。"看来她终于没有能系住春风。"闲情"其实不闲。是叹息青春又逝？是愁怨离人不归？作者让我们去想象。

这首词淡雅婉妙，句子大多是具体描绘，意象鲜明生动，非常富于诗情画意。

清 平 乐

怀 人

赵崇嶓

莺歌蝶舞，池馆春多处。满架花云留不住，散作一川香雨。　　相思夜夜情悰[1]，青衫泪满啼红。料想故园桃李，也应怨月愁风。

【注释】

〔1〕 悰(cóng)：欢乐。

【赏析】

季节正是春天，最让人赏心悦目的便是莺声婉妙、蝶舞蹁跹的景象。开头一句，作者便从听觉和视觉两个方面让我们对眼前的春意纷繁有一个真切具体的感知。随后他补充说：“池馆春多处”，意味着春色满人间。这就由具体描绘推广到一般概括，也即是虚实相生。一树树繁花，就像一朵朵美丽的云。春云本来就美，花云岂不更美？作者说：“满架花云留不住”，似乎他很感伤，但“散作一川香雨”却打消了我们的疑虑。有云不一定下雨，但下雨之前却一定有云。作者既把繁花比作云，便很自然地让人联想到雨，他把迷蒙的雨看作是花的结局。这样的构思精巧而别致。作者自注说这是为怀人而作。我们当然很想知晓他怀念何人，为何怀念。上阕写景为下阕写情作了铺垫。他说自己“相思夜夜情悰”，我们急于弄清楚他的怀念对象，他却沉吟不语。最后才吐露：“料想故园桃李，也应怨月愁风。”从“故园”我们知道他客居异地，有家难归。字面上说桃李怨月愁风，其实应是家中妻子抱怨自己久久不归。我们在许多词中都读到过闺妇对游子的思怨，明知妻子怨自己不归，自己却无法归去。我们终于知道了他怀念何人，又何以那样动情。从上面的分析中我们可以看到这首词善于铺垫，又善于制造悬念，引起读者的阅读兴趣。

蝶　恋　花

赵崇嶓

一剪微寒禁翠袂，花下重开，旧燕添新垒。风旋落红香匝地，海棠枝上莺飞起。　　薄雾笼春天欲醉，碧草澄波，的的情如水[1]。料想红楼挑锦字，轻云淡月人憔悴。

【注释】

〔1〕的的(dí)：明白，昭著。

【赏析】

这首词写闺妇春愁。

上阕说春意渐浓。春天初来时，寒气没有退尽，因此还不能换上绿罗衫。作者简练地用“一剪微寒禁翠袂”加以概括。等到一树树花朵绽放，旧时燕子已经飞回来，并且筑好了新巢。“花下重开，旧燕添新垒”表示了时间的变化。接下来只见“风旋落红香匝地，海棠枝上莺飞起”。这是两幅动感很强的画面。“风旋落红”一句表达了三层紧密衔接的意思：先是风吹；由于风吹而有落红；落红又使地上有了香气。这一句使我们的视线随落红渐渐下到地上，“海棠枝上莺飞起”又引我们从下往上观察。这就使词意思灵动，写景不凝滞。

薄雾为自然界的一切事物罩上了一层朦胧的轻纱。连天也似乎陶醉了。这是仰视所见，烘托出春景之美。低头看，碧草澄波，令人赏心悦目。“的的情如水”，用加强的语气肯定春天之情思。一般作品都是以水喻情，由情到水，这首词却正好相反，由水联想到情，也就是反用比喻。进而他展开想象：独居红楼的闺妇，眼看着春将暮却不见丈夫的归来，她不免要想丈夫是不是变心了，于是像苏蕙那样织回文诗。轻云淡月是春天的美景，而她愁情满怀，日渐憔悴，恐怕是无心看景的。

这首词很自然地运用了颜色组合，如“翠袂”、“旧燕”（黑色）、“落红”、“黄莺”、“碧草澄波”、“红楼”、“锦字”、“轻云淡月”等，织成一幅格调淡雅却意象鲜明的春景图。在这个背景上出现的闺人愁怨，也就被淡化了，不会让读者在心理上产生重压。

水 龙 吟

和朱行父海棠

方 岳

昼长庭院深深，春柔一枕流霞醉[1]。朦松欲醒，娇羞还困，锦屏围翠。豆蔻初肥，樱桃微绽，玉阑同倚。记华清浴起，渭流波暖，红涨腻、弃脂水。　　燕子来时天气，尽韶风，与诗为地。芳丛雨歇，露痕日酽，英英仙意。莫恨无香，最怜有韵，天然情致。待问春能几，五更犹是、伴今宵睡。

【注释】

〔1〕流霞：泛指美酒。

【赏析】

这首词吟咏海棠。

上阕写海棠初开时的娇羞之态。先说它生长的时间和环境。仲春时，白天渐渐变长，故曰“昼长”。海棠开放在深深的庭院，在开放之前就像一个醉酒酣眼的女子。第二韵写海棠初绽时的娇态：“朦松欲醒，娇羞还困，锦屏围翠。”词人将海棠拟人化，比起直接描画来既省力又传神，而且海棠在我们心中也似乎具有了鲜活的生命力。海棠是孤单的吗？不，词人说这时“豆蔻初肥，樱桃微绽”。这些如同美女的花儿与海棠“玉阑同倚”。物以类聚，人以群分，词人通过对海棠友伴的叙述从侧面烘托出它的品质高洁。词人想起了那个著名的美女杨贵妃来。唐明皇把醉酒的杨贵妃称作是“海棠花未醒”，词人运用这个典故，便把海棠花推到艳盖群芳的地位。

下阕写词人的挚爱之情。海棠开时，正值燕子南来。东风送暖，人心头春光荡漾，满腹诗情，怎能不使人喜爱它呢？一阵春雨消歇，花枝上水珠盈盈，海棠真像一个绰约的仙子，又怎能不让人爱它呢？有人以为海棠美而无香，终是憾事，但偏爱她的词人辩驳说：“莫恨无香，最怜有韵，天然情致。”真是情人眼里出西施，连海棠的不足也成为词人爱它的一个理由。词人的深情于此可见一斑。他言犹未尽，“春宵一刻值千金”，而海棠却能与人共度良宵。凡此种种，怎能不使人爱它呢？

这首词咏物而能将其态度、神韵摹出，又时时渗透了作者的情感，是一首成功的咏海棠之作。

一剪梅

客中新雪

方岳

谁剪轻琼做物华[1]？春绕天涯，水绕天涯。园林晓树恁横斜[2]。道是梅花，不是梅花。　宿鹭联拳倚断槎。昨夜寒些，今夜寒些。孤舟蓑笠钓烟沙。待不思家，怎不思家？

【注释】

〔1〕琼：美玉，泛指精美的东西。

〔2〕恁(nèn)：这么，这样。

【赏析】

如词前自注，这是作者"客中新雪"时有感而作。

上阕写他看见新雪时的惊喜之情。清早起来，推窗远眺，外面的景象却令人诧异：远近的树上都白花花一片，"千树万树梨花开"，真让人不可思议。他脱口而出："谁剪轻琼做物华？"表示自己的疑问。他用"轻琼"比喻雪，既写出了雪的轻洁，也写出了自己的喜悦，花开了，春天也来了吧。因此他接下去说："春绕天涯，水绕天涯。"但定睛细看，"园林晓树恁横斜"，不像开花时的样子。再看枝头，"道是梅花"，却"不是梅花"，因为"梅须逊雪三分白，雪却输梅一段香"。

下阕写词人因清寒太甚而思归。看到江边无人的木筏上一对鹭鸶在寒风中瑟缩着，他自己也感觉"昨夜寒些，今夜寒些"。远处有一只小舟在漫天风雪中孤独地漂泊，那舟人披蓑戴笠。上面落满了白雪，从远处看有些茫然莫辨。他手持钓竿，在薄雾笼罩的江上垂钓。这形象是多么的幽凄孤寂。"孤舟蓑笠钓烟沙"一句源出柳宗元《江雪》："千山鸟飞绝，万径人踪灭。孤舟蓑笠翁，独钓寒江雪。"

这种萧索荒寒景象怎不令人想回到那温暖的家呢？思归之情一下子控制了他，“待不思家，怎不思家？”

这首词触景生情，由喜到忧，层次非常清晰。在语言运用上也很有特色。“谁剪轻琼做物华”“园林晚树恁横斜”，简练而有口语的自然，“宿鹭联拳倚断槎”“孤舟蓑笠钓烟沙”，却精工而干练。“春绕天涯，水绕天涯”等四句既重复而有变化，前后或相承，或相悖，诗情曲折有致。

风入松

吴文英

听风听雨过清明，愁草《瘞花铭》[1]。楼前绿暗分携路，一丝柳、一寸柔情。料峭春寒中酒，交加晓梦啼莺。　西园日月扫亭林，依旧赏新晴。黄蜂频扑秋千索，有当时、纤手香凝。惆怅双鸳不到[2]，幽阶一夜苔生。

【注释】

〔1〕瘞(yì)：埋葬。庾信有《瘞花铭》。此以葬花寓别恨。

〔2〕双鸳：鸳鸯履，指女鞋。此指行迹。

【赏析】

本词一题作“春晚感怀”。吴文英曾纳苏、杭二妾，一遣一死，他有很多词，均系咏二妾事。

上阕说自己独过清明，百无聊赖，只好以酒消忧。

清明本是都市中男女去郊外游春赏花的日子，但现在却风雨并作，且又一人独居，全无意趣，于是就躺在床上听风听雨。想到有多少娇艳的花朵被打落在地，更添愁闷，便像庾信那样草成一篇《瘞花铭》，表达自己的惋惜和惆怅。由落花想到离人，楼前分别的路上已是绿柳成荫，寸寸柳丝都仿佛是寸寸柔情，真让人愁肠寸断！满腹忧愁只好消之以酒，在麻醉中沉沉睡去，但黄莺争鸣，惊醒晓梦，终于不能成寐。词人为情所困，百般无奈，由此也可见他情之真、深。

下阕说自己日日望归，而离人终于不回。

“西园日日扫亭林，依旧赏新晴”，是依旧吗？非也。过去两人共赏，而今一人独观。词人说得若无其事，好像很达观，却更反衬出了他的思念之深切。他看到“黄蜂频扑秋千索”，便认为是“有当时、纤手香凝”，想象可谓怪极。最后以“惆怅双鸳不到，幽阶一夜苔生”作结。“双鸳不到”，犹望其到；“一夜苔生”，踪迹全无，则唯日日惆怅而已，从中可见出词人思念之急切。

陈廷焯《白雨斋词话》赞许说：“情深而语极纯雅，词中高境也。”

唐多令

惜别

吴文英

何处合成愁？离人心上秋[1]。纵芭蕉不雨也飕飕。都道晚凉天气好，有明月，怕登楼。　　年事梦中休，花空烟水流。燕辞归，客尚淹留[2]。垂柳不萦裙带住[3]，漫长是，系行舟。

【注释】

〔1〕心上秋：“愁”字由“心”和“秋”合成。

〔2〕淹留：迟延、滞留。

〔3〕裙带：女子衣饰，此代指离去的女子。

【赏析】

这首词写与情人分别后的惆怅。

上阕说自己愁绪满怀。情人们总希望长相厮守。一旦不得不分开，就不禁“忧从中来”，“不可断绝”。愁闷难遣的词人就自言自语起来：“何处合成愁？”然后他认真地想了想，回答自己：“离人心上秋。”作者巧妙地用了拆字法，因“愁”是合成字，由“心、秋”两字组成。而“秋”在文学传统中一直是与忧愁悲怨等情绪相联结在一起的。从词人的固执强调中我们也可看出他的情之深挚。他说虽未下雨，可芭蕉叶嗖嗖地颤抖不已似乎也满含忧愁，芭蕉也打上了他的感情色彩。虽然人们“都道晚凉天气好”，但今晚却“有明月”，月圆人缺，因此他“怕登楼”。

下阕说自己淹滞难归。词人感叹自己“年事梦中休”，而现在已是深秋，枝头花空，河中烟水东流，益发感到孤独。抬头望见一群群的燕子正飞回南方温暖的故乡，而自己仍滞留异地，怎不更添愁伤？看到在风中飘动的柳枝，不禁充满了怨怼：“垂柳如丝，你却不牵着她的裙带留住她；我现在希望归去，你却偏偏系住了我的行舟！”真是该留的不留，想走的却不让走。

这首词痴语满篇，但却很好地表现出了作者的深情。

极 相 思

题陈藏一水月梅扇

吴文英

玉纤风透秋痕，凉与素怀分。乘鸾归后，生绡净剪[1]，一片冰云。　　心事孤山春梦在[2]，到思量，犹断诗魂。水清月冷，香消影瘦，人立黄昏[3]。

【注释】

〔1〕绡：生丝织成的绸子。

〔2〕孤山：在杭州西湖边。北宋初，诗人林逋（和靖）在此结庐隐居。人称他“梅妻鹤子”。

〔3〕“水清冷月”句：林逋诗《山园小梅》中非常有名的一联：“疏影横斜水清浅，暗香浮动月黄昏。”

【赏析】

这首词为题扇而作，因扇画水、月、梅，词也就围绕这三样事物来写。

炎夏中一扇在手，人便会像吹了一阵秋风似的凉爽，词人却巧妙地说是“风透秋痕”。下来他说这种爽快的产生是凉气和素怀各占一半。“素怀”犹言纯洁的心胸，这当然是赞扬陈藏一了。词人又想到这把扇子就像仙人乘鸾升天后，用绸子剪成的一片白云。“冰云”也就是白云，用“冰”字，既称其洁白，又可使人顿生凉意。上阕虽只是一般性的写扇，却也通过精心的遣词造句使得它不落俗套，非高手不能如此。

下阕围绕扇上所画水、月、梅来写。说起梅，人们便会很自然地想到那位隐居孤山、“梅妻鹤子”的林和靖先生。词人一生除短时间供职苏州仓幕外，布衣终身，他们二人可以说是声气相通。因此他说：“心事孤山春梦在，到思量，犹断诗魂。”梅花开时，正值严冬季节，水清月冷，梅花也是疏影横斜，暗香浮动，词人用了“香消影瘦”四字来概括。梅花孤零零的开吗？不，有“人立黄昏”，他有着隐者的高标。“水清月冷，香消影瘦，人立黄昏”构成了一个清逸的境界，简直可以和林逋写梅的名句“疏影横斜水清浅，暗香浮动月黄昏”媲美。“人立黄昏”如画龙点睛，由梅写人，写出了隐者的高洁品质。

题扇词在写作时受的限制较大。作者要把扇画、自己和对方都写到，容易流于板滞，而这首词却写得神思飞动，摇曳生姿，不愧为大家手笔。

宴清都

连理海棠

吴文英

绣幄鸳鸯柱[1]，红情密、腻云低护秦树[2]。芳根兼倚，花梢钿合[3]，锦屏人妒。东风睡足交枝[4]，正梦枕瑶钗燕股[5]。障滟蜡，满照欢丛，嫠蟾冷落羞度[6]。　人间万感幽单，华清惯浴，春盎风露。连鬟并暖[7]，同心共结，向承恩处。凭谁为歌《长恨》？暗殿锁，秋灯夜语。叙旧期，不负春盟，红朝翠暮。

【注释】

〔1〕绣幄：绣幕，在此用来笼盖海棠花。

〔2〕秦树：相传古代秦地（今陕西）有双株海棠。

〔3〕钿合：钿盒，有上下两扇。

〔4〕睡足：唐玄宗召杨贵妃同宴，她醉酒未醒，玄宗说，海棠睡未足。

〔5〕燕股：钗有两股如燕尾。

〔6〕嫠（lí）蟾：指月中嫦娥无夫，故称。

〔7〕连鬟：女子所梳双髻，名同心结。

【赏析】

这首词歌咏连理海棠。

上阕写海棠初开时的娇美之态。海棠未开时，如春睡未醒，因而词人用鸳鸯柱撑起绣幕为之遮寒。绣幕饱含深情，像一团红云低低地笼罩着海棠，这可以看出词人爱海棠之情的深和痴。终于等到花开，取掉绣幕，只见连理海棠“芳根兼倚，花梢钿合”，枝柯相交，好像一对情人“正梦枕瑶钗燕股”，在东风中酣眠。苏东坡“只恐夜深花睡去，故烧高烛照红妆”（《海棠》），吴梦窗也“障滟蜡，满照欢丛”，烛光明亮，使得月华也黯然失色，形影相吊的嫦娥也羞于看到这紧相偎依的连理海棠。

下阕写与连理海棠密切相关的杨贵妃、唐玄宗（明皇）故事。词人由海棠枝连而嫦娥孤单发出感叹："人间万感幽单"，这同时也是唐明皇遇杨贵妃前的心境写照。而"一朝选在君王侧"，杨贵妃便"华清惯浴，春盎风露。连鬟并暖，同心共结，向承恩处"，明皇尽日看不足，将三千宠爱加之一身，"从此君王不早朝"。但"渔阳鼙鼓动地来"，贵妃宛转马前死，演出了一场惨痛的爱情悲剧。白居易作《长恨歌》，咏叹此事，极动人。但词人却反问："凭谁为歌《长恨》？"天宝十载(751)七夕，明皇、贵妃"感牛女事，密相誓心，愿世世为夫妇，且结后缘"。词中"暗殿锁，秋灯夜语"即说此。白居易又有"在天愿为比翼鸟，在地愿为连理枝"的诗句，因此词人便将连理海棠看成是这一对痴情人"叙旧期，不负春盟，红朝翠暮"，依然热烈地相爱。连理海棠有这样一番故事，焉能不使人深相爱护？这就呼应了上阕。

澡　兰　香

淮安重午

吴文英

盘丝系腕[1]，巧篆垂簪[2]，玉隐绀纱睡觉[3]。银瓶露井[4]，彩箑云窗[5]，往事少年依约。为当时、曾写榴裙[6]，伤心红绡褪萼。黍梦光阴[7]，渐老汀洲烟蒻[8]。

莫唱江南古调，怨抑难招、楚江沉魄。薰风燕乳，暗雨梅黄，午镜澡兰帘幕[9]。念秦楼、也拟人归，应剪菖蒲自酌[10]。但怅望一缕新蟾[11]，随人天角。

【注释】

〔1〕盘丝系腕：腕上系五色丝线。

〔2〕巧篆垂簪：簪上插精巧纸花。

〔3〕"玉隐"句：玉人隐在天青色纱帐里睡觉刚醒。绀(gàn)，天青色。

〔4〕银瓶：代指饮酒。

〔5〕彩箑(shà)：彩扇，指歌舞。箑，扇子。

〔6〕写榴裙：典出《宋书》："羊欣着白练裙昼寝，王献之诣之，书其裙数幅而去。"榴裙即大红裙。

〔7〕黍梦：即黄粱梦。唐沈既济小说《枕中记》写卢生在邯郸客店遇道士授枕入

梦，时客店主人方蒸黄粱。卢生梦中尽享富贵荣华，醒后却发现主人蒸黄粱尚未熟，因有所悟。

〔8〕蒻(ruò)：香蒲嫩者称蒻。

〔9〕澡兰：五月五日，蓄兰沐浴。

〔10〕菖蒲：端午以菖蒲一寸九节者泛酒，以避瘟气。见《荆楚岁时记》。

〔11〕新蟾：新月。古代传说月亮上有三条腿的蟾蜍，因此诗文中常以之代称月亮。

【赏析】

这首词是词人在淮安过端午节时有感而作。陈洵云："此怀归之赋也。"

吴文英乃是深情人，离家之后自然念念不忘。独居异地，却逢佳节，怎不倍思亲人？

上阕先用"盘丝系腕，巧篆垂簪"来写妇女们此日的装饰，因为"困人天气日初长"，所以"玉（人）隐绀纱睡觉"。在露井边用银瓶饮酒，从云窗里不时闪过她歌舞时挥动的彩扇。这几句描述所用的时态不明显，直到"往事少年依约"，这才告诉我们他在回忆。接着想起"曾写榴裙"，就不禁要"伤心红绡褪萼"了。从那时到现在日月匆匆，他叹息光阴像黄粱梦一样短暂，自己也在渐渐老去。

词人深感幽独，家人也是望其早归。但下阕突起一句："莫唱江南古调"（指《招魂》），不免让人吃惊。他解释说："怨抑难招，楚江沉魄"，用宋玉为屈原招魂事，说自己知道家人心情，但却难以归去。什么原因，他没有讲。家乡也该是"薰风燕乳，暗雨槐黄"的初夏风景了，家人按风俗以兰汤沐浴，盼他归而不得，也只好"剪菖蒲自酌"，真是"一种相思，两处闲愁"，在孤独中又过去一天，一勾新月初升，词人满怀惆怅地望着它，想着也只有它能随人走到天涯海角。

洞仙歌

次韵苏子瞻

陈　著

冰肌玉骨，自清凉无汗。午梦醒来盼娇满。扇轻抬又放，浅炷兰薰，微笑处，吹着烟丝散乱。　　凉亭还独步，曾是凭阑，携手心盟指云汉。碧云斜阳外，信有如今，音书杳，寸肠千转。漫伫立，无言对荷花，看转

眼秋风，翠移红换。

【赏析】

这首词步苏轼（子瞻）同调词所用韵而写。据苏轼说，蜀主孟昶曾与花蕊夫人纳凉池上，作一词。他少时从一老尼处听过，后来仅记其头两句，疑为《洞仙歌》，便为之补足。本词则写闺妇。

一般写闺愁的，多把季节放在春、秋。这首词则是在夏天。上阕用暑热来反衬闺妇的清丽娇娆。

“冰肌玉骨，自清凉无汗”，袭用东坡词中原句。确实，再也难以找出比这更恰切的语句来描绘女性的冰清玉洁了。一般人都是“日长睡起无情思”，她“午梦醒来”却顾盼生娇。作者的描写没有仅停于此。他通过几个不经意的动作，“轻抬又放，浅炷兰薰，微笑处，吹着烟丝散乱”，把她的轻柔娇媚写出来。这样，上阕就静动结合，为我们塑造了一个娇丽的闺妇形象。

下阕则继续描写她的动作和心理。她走出屋来，独步于凉亭之上。在这里他们夫妻曾经一起凭栏，又曾经携手对天发誓永不相忘。现在他远行“碧云斜阳外”，一点音信也无，使自己“寸肠千转”。言犹在耳，誓言和行为之间反差如此之大，她怎能不痛苦愁怨？愁绪满怀，反倒一句话也说不出，只能“漫伫立，无言对荷花”。池塘里荷花开得正盛，但转眼间秋风起，还不落个“翠移红换”的结局？她惜花，更惜自己青春的虚度。言外之意，可想而知。

上阕写表情，下阕深入心理。上阕喜，下阕愁，使人物栩栩如生。谁忍心让这样美丽可爱的女子独守空闺，忧愁度日？作者对薄情郎的谴责和对闺妇的同情都分明可感。

唐多令

秋暮有感

陈允平

休去采芙蓉，秋江烟水空。带斜阳、一片征鸿。欲顿闲愁无顿处，都著在两眉峰。　　心事寄题红[1]，画桥流水东。断肠人，无奈秋浓。回首层楼归去懒，早新月、挂梧桐。

【注释】

〔1〕题红：指红叶题诗故事。唐宣宗时，卢渥赴京应举，偶临御沟，拾得红叶，上题诗云："流水何太急，深宫尽日闭。殷勤谢红叶，好去到人间。"后宣宗放出部分宫女，许从百官司吏，渥得一人，即题诗红叶上者。

【赏析】

"休去采芙蓉"起句突兀警人，既领起下文，留下发挥余地，又含有象征喻义。芙蓉为莲的别名。南朝民歌中有《青阳度》："青荷盖绿水，芙蓉披红鲜。下有并根藕，上生并目莲。"原来词人是怕怀远之女子触物伤情之意。次句写秋暮景色：秋江空阔，秋水漫漫，一带斜阳余晕中，远飞的大雁排列成行，唳鸣而翔。此时此景，最易触发人感时怀远之情，故有闲愁顿生。"欲顿闲愁无顿处，都著在两眉峰"，此句如信手拈来，流丽自然，却极贴切形象，既将闲愁化无形为有形，又淡笔写出怀远的佳人秀眉微颦、楚楚动人之态。

下阕进一步言明女子心事。"心事寄题红"句，用了红叶题诗之典故。这里的女主人公虽非深宫寂寞，但因情人远别，相思之苦，亦令人断肠；更何况正逢那"秋风萧瑟天气凉，草木摇落露为霜"的深秋季节，更使人将那寸断柔肠，无以置处。"回首"句写出主人公慵懒的动作和神态，与王维诗"心怯空房不忍归"有异曲同工之妙。"早新月、挂梧桐"，以景结情，写得空灵剔透，清幽中透出凄凉况味。

宝 鼎 现

丁 酉 元 夕

刘辰翁

红妆春骑，踏月影、竿旗穿市。望不尽、楼台歌舞，习习香尘莲步底〔1〕。箫声断，约彩鸾归去〔2〕，未怕金吾呵醉〔3〕。甚辇路〔4〕、喧阗且止〔5〕。听得念奴歌起〔6〕。　父老犹记宣和事〔7〕。抱铜仙〔8〕、清泪如水，还转盼、沙河多丽〔9〕。滉漾明光连邸第。帘影动、散红光成绮〔10〕。月浸葡萄十里〔11〕。看往来、神仙才子〔12〕，肯把菱花扑碎〔13〕。　肠断竹马儿童〔14〕，空见说、三千乐指〔15〕。等多时春不归来，到春时欲睡。又说向、灯前拥髻〔16〕。暗滴鲛珠坠〔17〕。便当日、亲见霓裳〔18〕，天上人间梦里。

【注释】

〔1〕习习香尘：指尘土微扬。习习，形容微风。

〔2〕彩鸾：林坤《诚斋杂记》："钟陵西山有游帷观，每至中秋，车马喧阗。大和末，有书生文箫往观，睹一姝（即吴彩鸾）甚妙，生意其神仙，植足不去，姝亦相盼……乃与生下山归钟陵为夫妇。"这里彩鸾指游春之女。

〔3〕金吾：官名，掌管京城的守卫防务。韦述《西都杂记》："西都京城街衢，有金吾晓暝传呼，以禁夜行，唯正月十五日夜敕许金吾弛禁。"呵醉：指西汉将军李广夜饮回家，被霸陵一喝醉的尉官呵责扣留。见《史记·李将军列传》。

〔4〕甚：为什么。辇路：皇帝车马经过的道路。

〔5〕喧阗（tián）：人声喧闹。

〔6〕念奴：唐玄宗天宝年间名歌伎，善歌。

〔7〕宣和：宋徽宗年号。

〔8〕铜仙：金铜仙人。李贺《金铜仙人辞汉歌》："空将汉月出宫门，忆君清泪如铅水。"

〔9〕沙河：即沙河塘，在杭州南五里。田汝成《西湖游览志余》："沙河宋时居民甚盛，碧瓦红檐，歌管不绝。"

〔10〕绮：光色。《文选》晋张景阳《七命》："流绮星连，浮彩艳发。"

〔11〕葡萄：这里比喻水深色碧。

〔12〕神仙：借指美女。《武林旧事》："靓妆笑语，望之如神仙。"

〔13〕菱花：镜子。用陈亡后乐昌公主和其夫徐德言将镜扑碎，各分其半，作为分离后互相探访的凭信的典故。

〔14〕竹马：以竹杖当马骑。李白《长干行》："郎骑竹马来，绕床弄青梅。"

〔15〕三千乐指：三百人的乐队。

〔16〕灯前拥髻：《飞燕外传·伶玄自叙》："通德（伶玄妾）占袖顾视烛影，以手拥髻，凄然泪下，不胜其悲。"

〔17〕鲛珠：即"鲛人泣珠"。鲛人为神话传说中的人鱼。晋张华《博物志》："鲛人从水出，寓人家积日，卖绡将去，从主人索一器，泣而成珠满盘，以与主人。"后以鲛珠形容哭泣时流出的眼泪。

〔18〕霓裳：唐代乐曲名，即《霓裳羽衣曲》。

【赏析】

这首词是刘辰翁晚年的名作，写于宋亡之后，通过对昔日宋代元宵节的繁华热闹和今日之惨淡萧条的对比描写，抒发词人无比深沉的亡国之痛。词分三阕，分别描写了北宋、南宋和词人作词之时的灯节景象。

上阕通过对声、色、形的铺写，将北宋元宵节的繁华热闹表现得绘声绘色、

淋漓尽致。盛妆的仕女们乘着香车宝马，纷纷出游；歌台舞榭上，歌伎舞女们轻移莲步，婆娑多姿；这里箫声刚歇，那里歌声又起。在这喜庆的气氛中，青春男女，相邀结伴，自由欢乐。此阕以铺叙手法，浓墨重彩，道不尽的繁华富贵。

中阕首句点明时间，转入南宋，借用金铜仙人辞汉落泪的典故，寓亡国之痛。此时南宋王朝虽然偏安一隅，然亦有承平景象，词人通过对光、影、水色的描写，写出了元宵节时沙河塘一带灯月交辉之美。末句“肯把”二字，则流露出词人刻骨铭心的亡国之痛。此阕首末两句巧妙用典故，铜仙坠泪、菱花扑碎两个意象的推出，使人深感在一片承平欢乐的表象下有着无尽的凄凉与辛酸。

下阕由上两阕对往事的回忆中，回到词人作词之时的现实。“肠断”句是写往日的繁华，今天骑竹马的儿童已再也无法见到，只能从老人们的叙述中去凭空想象了。后面写今日的元宵节，不复有当日的盛况美景，人们只能枯坐灯前，回首往事，黯然神伤，不禁泪坠。即便是当日亲见霓裳羽衣舞的老人们，也恍觉与那时似天上人间相隔遥远，宛如一场春梦一般，末句化用李煜语，再加上“梦里”二字，倍觉沉痛。

此词通过铺叙、对比手法的运用，极写景与情的前后变化之大，给人以往事不堪回首之感，词人的亡国之痛得以深切地表现出来。张孟浩云：“反反复复，字字悲咽。”杨慎《词品》说：“词意凄婉，与《麦秀》何殊。”

兰 陵 王

丙子送春[1]

刘辰翁

送春去，春去人间无路。秋千外，芳草连天，谁遣风沙暗南浦[2]。依依甚意绪。漫忆海门飞絮[3]，乱鸦过，斗转城荒，不见来时试灯处[4]。　春去，最谁苦？但箭雁沉边[5]，梁燕无主[6]。杜鹃声里长门暮[7]。想玉树凋土[8]，泪盘如露[9]。咸阳送客屡回顾[10]，斜阳未能度。　春去，尚来否？正江令恨别[11]，庾信愁赋[12]（二人皆北去）。苏堤尽日风和雨。叹神游故国，

花记前度[13]。人生流落，顾孺子[14]，共夜语。

【注释】

〔1〕丙子：宋恭帝德祐二年(1276)，即元兵攻入南宋都城之年。

〔2〕南浦：泛指送别之地。这里借指江南水乡。

〔3〕海门飞絮：指逃往海滨的南宋君臣。海门，海边。

〔4〕试灯：正月十五日灯节前之预赏灯节。

〔5〕箭雁：被箭射中受伤的雁，指被俘的南宋君臣。

〔6〕梁燕：梁上的燕子，指留在临安等地散落无主的士大夫。

〔7〕长门：本汉武帝时长门宫，是陈皇后被贬时的冷宫。

〔8〕玉树凋土：《晋书·庾亮传》："亮将葬，何充(会之)叹曰：'埋玉树于土中，使人情何能已！'"借指为国牺牲的人们。

〔9〕泪盘如露：指汉武帝在建章宫前造神明台，上有铜人手托盛露铜盘。魏明帝命人把铜人由长安搬到洛阳，宫官拆盘，铜人临载之时，由眼中流下泪来。

〔10〕咸阳送客：李贺《金铜仙人辞汉歌》："衰兰送客咸阳道，天若有情天亦老。"

〔11〕江令：即江淹，著有《别赋》。

〔12〕庾信：梁庾信出使北周，被留，著有《愁赋》，已失传。

〔13〕花记前度：刘禹锡《再游玄都诗》："种桃道士归何处，前度刘郎今又来。"

〔14〕孺子：指词人的儿子。

【赏析】

陈廷焯在《白雨斋诗话》中说："题是送春，词是悲宋。曲折说来，有多少眼泪。"此词以春喻国，借送春、惜春、怀春，抒写词人对灭亡了的宋朝的无限哀思。这首词为长调，共分三阕，均以"春去"为中心，围绕这一主题进行描写和抒情。

上阕写临安失陷后的凄凉景象。"芳草"在古诗词中常用来表示离别之情。这里"芳草连天"的凄迷景色，似写春天依依惜别，实暗喻词人送别宋朝的绵绵离恨。"风沙暗南浦"，风沙暗喻元军，由于元军的侵占和破坏，临安昏暗无日。"海门飞絮"则象征着孤苦无助、流落天涯的南宋君臣。"乱鸦过"句写失陷后的临安，乱鸦盘旋，城池荒凉，昔日灯火辉煌的景象已荡然无存。

中阕写人。"箭雁"指被掳北去的君臣；"梁燕"喻亡国后流散落泊的南宋臣民；"玉树"比喻那些为国捐躯的勇士。"泪盘如露""咸阳送客"，俱是化用金铜仙人辞汉落泪的典故，暗喻被迫北去的南宋君臣对故国的眷恋之情。

下阕抒情。首句以设问起，将词人对故国的一片痴恋表达得感人至深。江令、庾信二人均是北去不得归的愁人，均经亡国恨事，作赋达情，而词人心境正与古人同。再看今日苏堤，于风雨飘摇中，那一片凄楚迷离，更增词人愁绪。唯有神游故国，以暂时忘却触目痛心的现实，然那种人生流落、飘零无依的感觉却总是挥之不去。正是，春可再来，国亡不复。

此词成功地运用象征手法，通过种种艺术形象寄托词人悲国之情，表里相应，斐然成章。又以多处设问，使感情的表达层层深入，曲折动人。特别是中阕、下阕均以设问句起，问得惊心动魄，问得似痴似绝，词人那悲愤之状似历历在目。卓人月在《古今词统》中说："'送春去'二句悲绝；'春去，最谁苦'四句凄清，何减夜猿；下片则悠扬悱恻，即以为《小雅》《楚骚》可也。"

浣溪沙

感别

刘辰翁

点点疏林欲雪天，竹篱斜闭自清妍。为伊憔悴得人怜。　欲与那人携素手，粉香和泪落君前。相逢恨恨总无言。

【赏析】

"多情自古伤离别"，而情人间的离别则最为伤情。刘辰翁此词将常为文人所咏叹的这一永恒题材，以清丽流转、淡雅简洁之笔致表出，别具艺术魅力。

上阕首先交代了两人离别的场所，是在那郊外乡野之处。正是寒冬天气，雪欲下未下，天色昏黄，四周有疏疏落落的树林环抱，屋前竹篱斜闭，景色自是清丽，却不管此时此地正有两个伤心人依依不舍，因即将来临的离别而自苦呢。而后又描写故事里的男女主人公，女子因离别悲伤不已，美丽的面容变得憔悴不堪，也因此而更加得到情人的怜爱。

"欲与那人携素手"，写女子希望能与自己所爱的人携手并肩，共游天涯，共度人生，表现了女子对爱情的坚贞不移。然而这愿望却非现实所允许，万般的失望，内心的痛苦，迫在眼前的分离之苦，于是都化作串串珠泪落于情人面前。结句是说在这最后别离的时候，满腔愁绪，无以说起，故"恨恨总无言"。恨为爱的极致，无声胜似有声，词写到这里，将离别的悲伤气氛推至高潮。

此词以女子口吻徐徐道来，写得既温雅含蓄，又哀婉动人，缠绵悱恻，细腻地表现了恋爱中的女子在别离时刻复杂而微妙的心理。读完全词，一位美丽多情的女子的艺术形象跃然于纸上。

祝英台近

李彭老

杏花初，梅花过，时节又春半。帘影飞梭，轻阴小庭院。旧时月底秋千，吟香醉玉，曾细听，歌珠一串。　忍重见。描金小字题情，生绡合欢扇[1]。老了刘郎[2]，天远玉箫伴。几番莺外斜阳，栏杆倚遍，恨杨柳，遮愁不断。

【注释】

〔1〕生绡：没有漂煮过的丝织品。古以生绡作画，故也借指画卷。合欢扇：团扇。《文选》汉班婕好《怨歌行》："裁为合欢扇，团圆似明月。"

〔2〕刘郎：南朝宋刘义庆《幽明录》记东汉永平年间，刘晨、阮肇在天台桃源洞遇仙。太康年间，刘重到天台寻觅仙侣不遇。

【赏析】

此词怀念旧欢，情、景、物相映相衬，虚实相生，言情细腻入微，生动别致。

上阕首句写时节物候，于疏疏写景中，出发出时光飞逝之感慨。"帘影"句则由自然之背景落笔到人物所处的具体环境上来。"帘影""轻阴"，营造出了一种幽暗、清寂的氛围，透露出词人寂寞的情愫。"旧时"句以下，则写词人对往日欢乐的回忆，词人以"香""玉""珠"等华丽字眼，来形容旧时情侣的美丽容颜和动听歌喉，表现了词人一往情深的依依恋情。

下阕首句写词人睹物思人，不胜其悲。"忍重见"，实为"怎忍重见"或"不忍重见"之意。"老了刘郎"句用刘晨重入天台访仙不遇的故事，喻自已年华老去，形影相吊之悲。结句以景结情，情思邈远，哀婉深沉。在娇莺啼声中，斜阳余晖里，词人久久伫立、倚栏望远的身影，显得格外孤单。那杨柳在晚风中摇曳，更勾起词人满怀的离愁别恨，故曰："遮愁不断。"

鹧 鸪 天

暮 春

黄 升

沉水香销梦半醒[1]，斜阳恰照竹间亭。戏临小草书团扇[2]，自拣残花插净瓶。 莺宛转，燕丁宁。晴波不动晚山青。玉人只怨春归去，不道槐云绿满庭。

【注释】

〔1〕沉水：沉香的别名。宋胡宿《侯家》诗：“彩霞按曲青岑醴，沉水熏衣白璧堂。”

〔2〕小草：书体名。草书的一种，笔势似行书。宋苏轼《论沈辽米芾书》：“近日米芾行书，玉巩小草，亦颇有高韵。”

【赏析】

这首小词以流丽清新的笔触描写了女子暮春伤怀的感情。

上阕首句点明了时间、地点，确定了全词的基调：女主人公春眠初醒之时，已是斜阳余晖之际，沉香缭绕蜿蜒，恰如女主人公寂寞、惆怅的情思绵绵。“戏临”句摹写了女主人公闺中生活的两个片断，写得清新有致。临草书扇，表现了女主人公的聪颖敏慧和高雅情趣，残花插瓶，为怜花，亦为自怜，韵味深长。这里，拣为“自拣”，瓶为“净瓶”，表现了女主人公对花的一片爱怜深情。

下阕通过景色描写，衬托女主人公的寂寞情怀。这里，词人对景物的描写抓取了声与色的特点，酿得自然天成之妙句，既富声音之美，又具鲜明之色调：空中不时传来婉转莺歌，呢喃燕语，清亮悦耳；湖蓝色的水波似凝不动，暮色中的青山愈加青翠。自然界的一切如诗如画，祥和无比，但又怎能消除女主人公心中的无限伤感呢？结句似怨玉人怨春之无理，实叹美人迟暮之可怜。虽然自然界四季流转，各有佳妙之处，永远令人感觉新鲜可喜，然而时光却在悄悄流逝，人的青春也在一天天老去，无怪乎玉人要“怨春归去”了！

此词将轻愁浅怨，以淡语道之，以景物烘托之，极富含蓄之美。

声 声 慢

李 演

轻鞯绣谷[1]，柔屐烟堤[2]，六年遗赏新续。小舫重来，惟有寒沙鸥熟。徘徊旧情易冷，但溶溶、翠波如縠[3]。愁望远，甚云销月老，暮山自绿。　嚬笑人生悲乐[4]，且听我尊前[5]、渔歌樵曲。旧阁尘封，长得树阴如屋。凄凉五桥归路，载寒秀，一枝疏玉。翠袖薄，晚无言，空倚修竹。

【注释】

〔1〕鞯（jiān）：马鞍子下面的垫子。

〔2〕屐（jī）：鞋。

〔3〕縠（hú）：有皱纹的纱，多用以比喻水的波纹。

〔4〕颦（pín）：皱眉。

〔5〕尊：泛称一切酒器。

【赏析】

这是首怀念旧情之作。

上阕写词人时隔六载，重访曾与情侣一起畅游过的旧地。"绣谷"指树木茂密的山谷；"烟堤"指杨柳成行、枝条飘扬的堤岸。"惟有寒沙鸥熟"，写无人相慰、只有鸥做伴的孤独凄凉境况。触景生情，此刻的孤单更令词人怀想起旧日的情侣，不禁感叹炽热的感情竟轻易地就变得冷漠起来。"但溶溶"句，写词人极力从痛苦的感情旋涡中挣脱出来，于是注目远眺，碧如翡翠的湖面泛起细细的涟漪，如轻纱起皱，似有无限温柔。然而如挥刀断之不去的水流，词人的愁思如湖水漫漫，难以消除。"甚云销"句，实乃"为什么"之意，这里词人用云朵消散、月亮残缺的景象来比喻自己因失去爱人的内心痛苦，而以"自绿"的"暮山"比喻背叛了的情人。

"嚬笑人生"句，写词人试图挣脱痛苦的羁绊，以潇洒、超脱的态度去对待这一切，迎接人生的悲悲乐乐，开怀畅饮，纵情高歌，唱的是"渔歌樵曲"，而非文人雅士所欣赏的阳春白雪，表现了词人欲与自然贴近，以山水渔樵为知音，在粗犷豪放的山歌水调中获得一种充满生命力的感觉。这里，词人似乎表现出了一种飘然欲仙之意，然仍掩盖不住内心的伤痛，“笑”贯之以“嚬”，就透露了词人的这种隐痛，以洒脱之面目表现出来，婉转曲折。顺之而下，故有“旧阁尘封”“树阴如屋”之沉痛话语。“凄凉”句写归乡路上，景色凄清，唯有一枝独花，于寒风中傲放，秀色喜人。这一意象给全词灰暗的色调上添抹了一层亮色。全词以美人无言倚修竹的优美画面作结，词情凄美，内似含有劝人顿悟之禅意，“空”字约略点明了词人意旨所在。

此词写得波澜有致，感情跌宕起伏，顿挫开合，曲尽其情，并蕴含人生哲理于其中，无论从艺术上还是思想上看，都为一佳作。

拟东泽

周 密

新雨洗花尘，扑扑小庭香湿。早是垂杨烟老，渐嫩黄成碧。　　晚帘都卷看青山，山外更山色。一色梨花新月，伴夜窗吹笛。

【赏析】

此词妙在其至清至纯之意境，笔下一片纯净、清丽的世界，折射出宁静、安详、超尘脱俗之心境。似纯然写景，并抒写心绪，然满篇尽染词人旷达、淡泊之气，可谓冰心玉壶，表里澄澈。

上阕写一番新雨之后的景象，一个“洗”字尽得风流，绘出一幅清景，“香湿”二字写出小庭经细雨润泽后，花香更为沁人心脾。时已是初夏时分。杨柳垂垂，已渐由嫩黄的颜色变得碧绿。

如果说上阕意象已甚清丽可人，那么下阕则如轩窗洞开，清风徐徐，演画出一个几疑不在人间的超凡脱俗的艺术境界，并在这番景象中凸现出词人的形象。一个“卷”、一个“吹”字，给整个画面增添了动感和声音，在读者眼前活了起来。词人卷起窗帘，雨后的青山更加黛绿，月光之下，梨花洁白如雪，恍若仙境，主人公斜倚夜窗，横笛在手，悠扬的笛声打破了夜色的寂静。

此词只是淡墨白描，寥寥几笔，却勾勒出韵味无穷的清境，一个与世无争、不求名利、清旷淡泊的词人风范尽在眼前，大有“采菊东篱下，悠然见南山”的闲云野鹤之意趣。

江城子

拟蒲江

周密

罗窗晓色透花明。靘瑶笙[1]，按瑶筝[2]。试讯东风，能有几分春。二十四栏凭玉暖[3]，杨柳月，海棠阴。

依依愁翠沁双颦[4]。爱莺声，怕鹃声。人自多情，春去自无情。把酒问花花不语，花外梦，梦中云。

【注释】

〔1〕靘(qìng)：华美。唐韩愈《东都遇春》中曰："川原晓服鲜，桃李晨妆靘。"

〔2〕瑶笙、瑶筝：用玉装饰的笙筝。瑶：美玉。

〔3〕二十四栏：江苏扬州市境内有二十四桥，为古代名胜。

〔4〕依依：隐约。晋陶渊明《归园田居》中曰："暧暧远人村，依依墟里烟。"

【赏析】

此词为我们刻画了一位于春日美景之中惜春、叹春的女性形象，通过对其动作、神态及心理的一系列细腻描绘，使人物形象跃然于纸上。

上阕写在一个清新明朗的早晨，透过那雕饰成花纹状的窗扉向外望去，清晨的阳光将屋外盛开的花朵照耀得分外娇艳欲滴，女主人公抱来华美的用玉装饰的琴筝，纤纤玉手弹奏出婉转动听的乐声，似在询问东风：春在人间，能留几时？下面几个意象的叠加，更写出春的美好：二十四桥上石质的栏杆，在暖暖春晖的照射下如玉石一样温润滑爽，河边杨柳垂垂，水面月光涟涟，海棠花鲜红的色彩在暗处如火焰般闪闪烁烁。

下阕首句设置悬念：处在在这醉人的春日美景中，女主人公眉宇之间却有隐约的忧愁闪现。这是为什么呢？"爱莺声、怕鹃声"句则更增加了人们的疑惑。"人自多情"句则回答了这一问题，也点明了全词的意旨：多情人怕春去无情。"把酒问花"句化用李清照的"泪眼问花花不语"。"花外梦，梦中云"是写女主人公身处于这春日美丽的景色之中，却4不疑这眼前的一切只不过是一场短暂的梦幻，如梦中云一般虚无缥缈，生动地刻画出女主人公担心这艳美如花的春日会如梦一般消失，难以寻觅的心理。梦云是无法捉摸、空灵缥缈之意象，以此作比，形象地写出了春去不可觅的伤春之意。此句如神来之笔，清雅可赏。

此词上阕写景绵密雅丽，细腻入微。下阕写情则如神龙穿云，有绵渺之思，情与景疏密相生，别具风姿。

甘 州

灯夕书寄二隐

周 密

渐萋萋、芳草绿江南[1]，轻晖弄春容[2]。记少年游处，箫声巷陌，灯影帘栊。月暖烘炉戏鼓，十里步香红。倚枕听新雨，往事朦胧。　　还是江春梦晓，怕等闲愁见，雁影西东。喜故人好在，水驿寄诗筒[3]。数芳程，渐催花信。送归帆，知第几番风[4]。空吟想，梅花千树，人在其中。

【注释】

〔1〕萋萋：草茂盛的样子。

〔2〕晖：阳光。

〔3〕驿：驿站。

〔4〕第几番风：指花信风，应花期而来的风。江南自春至初夏，自小寒至谷雨，五日一番风候。梅花风最早，楝花风最后，共二十四番。

【赏析】

此词抒写了词人于灯夕之夜回首往事如梦，却盼春风来的复杂心情。

上阕首句写江南初春、春光明媚的景象，然而这芳草连天、春晖轻弄的美丽景色，却勾起了词人心中的隐痛。回忆少年时灯节的繁华热闹景象，实寄托着词人的故国之思。接下来笔锋轻转，由对往昔的回忆回到现实，繁华与孤寂两相对照，凄楚之情自不待言。词人将浓情淡写，更觉愁苦逼人。

“还是江春梦晓”，抒写了词人“国破山河在，城春草木深”的哀痛之情。眼前春色依旧，但故国盛情却如梦中幻影，早已烟消云散，空余梦醒后的悲哀。值得安慰的是故友还在，可以寄诗传情，共叙旧事。“数芳程”句以下，文情陡转，写词人对春的盼望。此处实以自然之春喻人事之春，寄托了词人盼望国家复兴、盛世重逢的心情。结句“梅花千树，人在其中”，虚写词人想象中随着二十四番花信风中第一番梅花风而来，梅花盛开、花团锦簇的美好景象。这里的梅花成为故国盛情的象征。而一“空”字，则寄寓了词人深深的悲哀感，道出希望之渺茫，种种失意、无望、惆怅之情，尽在不言之中。

一萼红

登蓬莱阁有感[1]

周密

步深幽，正云黄天淡，雪意未全休。鉴曲寒沙[2]，茂林烟草[3]，俯仰千古悠悠[4]。岁华晚，漂零渐远，谁念我，同载五湖舟[5]。磴古松斜[6]，崖阴苔老[7]，一片清愁。　　回首天涯归梦，几魂飞西浦，泪洒东州。故国山川，故园心眼，还似王粲登楼[8]。最怜他、秦鬟妆镜[9]，好江山，何事此时游。为唤狂吟老监[10]，共赋销忧。

【注释】

〔1〕蓬莱阁：旧址在浙江绍兴卧龙山下，因唐元稹《以州宅夸于乐天诗》“谪居犹得近蓬莱”得名。

〔2〕鉴曲：鉴湖一曲。《新唐书·贺知章传》“有诏赐镜湖剡川一曲”，镜湖即鑑湖。

〔3〕茂林：指兰亭。王羲之《兰亭序》：“此地有崇山峻岭，茂林修竹。”

〔4〕俯仰：《兰亭序》：“俯仰之间，以为陈迹。”

〔5〕“同载”句：为春秋时范蠡事。见《国语·越语》：“及至五湖，范蠡辞于王曰：‘君王勉之，臣不复入越国矣。’”五湖即今太湖。唐陆广微《吴地记》引《越绝书》逸文云：“西施亡吴国后，复归范蠡，同泛五湖而去。”

〔6〕磴：通“隥”，指山路，石阶。

〔7〕崖：山石或高地的陡立的侧面。

〔8〕王粲：东汉末人，著有《登楼赋》，赋云：“虽信美而非吾土兮，曾何足以少留。”

〔9〕秦鬟：指绍兴的秦望山，秦始皇曾登临。以山形颇似妇人鬟髻，故称。

〔10〕狂吟老监：指唐代诗人贺知章。《旧唐书·贺知章传》：“知章晚年尤加纵诞，无复规检，自号四明狂客，又称秘书外监，遨游里巷，醉后属词，动成卷轴，文不加点，咸有可观。”

【赏析】

此词写于元军入侵、宋室灭亡之年冬季，词人登高怀古，抒发亡国之痛，故国之思，凄楚哀绝，向被推为草窗词中压卷之作。

上阕着力于写景。凄凉幽寂的景色，衬托出形单影只的词人的“一片清愁”。“步深幽”以下几句将读者带入了一个“千山鸟飞绝，万径人踪灭”的境界中。下句进一步加以描写，点明时节是冬季，正是一派灰暗寂寥的景象。贺知章曾经畅游过的鉴湖，王羲之曾为之作赋的兰亭，如今却是满目荒凉，一片沙寒草衰的愁惨气象。睹物思人，词人心中不禁生发出“前不见古人，后不见来者，念天地之悠悠，独怆然而涕下”的孤独寂寞之感慨。回顾身世，岁月流逝，而自己孤身一人，漂泊无依，要想同范蠡当年一样泛舟湖上，却无人与伴。再看眼前破败的石阶，歪斜的老松，斑驳的青苔，那凄清苍凉的景物，给词人本已凄黯无比的心中，更增了一番清愁。

下阕细叙离怀。首句写词人对故国深切的思念。“几”，几度，言其频繁。“西浦”“东州”，均在被词人视为第二故乡的绍兴，“魂飞”“泪洒”，道出词人对故乡的深厚恋情。而今日重返故地，却已物是人非，词人忧慨无限。“最怜他”句写出了词人对故国山川的无限热爱，“秦鬟妆镜”，极写山川之娇美，愈发反衬出词人亡国之痛之深。“何事此时游”，以反诘的语气，道出词人满腔悲愤。结句是说词人要唤来“狂吟老监”与他一起赋诗消愁，却正道出了词人一腔悲苦，无以宣泄的沉痛之情。

清人周济评说：“草窗擅美在缜密，如此章稍觉空调，愈益佳妙。”

齐　天　乐

蝉

王沂孙

绿槐千树西窗悄，厌厌昼眠惊起。饮露身轻，吟风翅薄，半剪冰笺谁寄。凄凉倦耳，漫重拂琴丝。怕寻冠珥[1]，短梦深宫，向人犹自诉憔悴。　　残虹收尽过雨，晚来频断续，都是秋意。病叶难留，纤柯易老，空

忆斜阳身世。窗明月碎，甚已绝余音，尚遗枯蜕。鬓影参差，断魂青镜里。

【注释】

〔1〕冠珥：即日珥。太阳表面上火焰状的炽热气体。

【赏析】

王沂孙工于体物，这首咏蝉词，借蝉的短暂的一生托出词人的身世之慨，于蝉的意象中，包容了深厚的现实感和浓郁的人生悲剧感。

上阕起句写蝉、人共处的环境。“悄”与“惊”相对，突出蝉之哀鸣骤起，令词人心惊，自然将词人的主观感受融入对蝉的客观意象的描写中。下面铺写蝉的形貌习性，蝉餐风饮露，过着清高自洁的生活，然而一片冰心，无人可解，而词人似有着与蝉相似的命运，故此蝉鸣在词人听来特别地凄凉，不忍卒听。接下来写蝉栖身于深宫般的浓荫中，哀鸣声声，如丝缕琴声，向人们诉说着短暂如梦的一生的不幸。

下阕接着写雨过天晴，天边一弯残虹斜挂，在这暮色黄昏中，蝉声断断续续，秋意渐浓。曾经是“绿槐千树”的茂盛景象，如今时过境迁，已是满目凄凉。蝉所赖以生存的树枝树叶也已飘零凋残，摇摇欲坠，蝉的生命也将伴随着这秋风落叶而结束了。断肠斜阳里，寒蝉的声声哀鸣就像是在替自己、替生命唱着一曲永恒的挽歌，哀悼和怀念着逝去的好时光。到明月升起之时，蝉悲哀微弱的余音也已听不见了，这里“碎”字的运用，幽美无比，形容点点月光透过树枝树叶的缝隙，在地面形成了斑驳陆离的图画，更将一种被残损的悲剧美感糅入整个画面之中，可谓幽柔怨抑，扣人心弦。最后将蝉拟人化，用“齐后忿而死，尸为蝉”的传说，揣想齐女辞世之际，形容憔悴，独对青镜而幽恨绵绵的情形。这一幽冥意象的运用，将整首词的悲剧气氛推向高潮，写得惊心动魄，摄人心魂。至此，与前阕起首之“惊”遥遥呼应，回环往复，戛然而止。

此词“赋物能将人景情思一齐融入”，融合无间，深化无痕，可谓是一首艺术完美的咏物诗词。

水龙吟

海棠

王沂孙

世间无此娉婷[1]，玉环未破东风睡[2]。将开半敛，似红还白，余花怎比。偏占年华，禁烟才过[3]，夹衣初试。叹黄州一梦，燕宫绝笔，无人解，看花意。　犹记花阴同醉。小阑干，月高人起。千枝媚色，一庭芳景，清寒似水。银烛延娇，绿房留艳，夜深花底。怕明朝，小雨蒙蒙，便化作燕支泪[4]。

【注释】

〔1〕娉婷：姿态美好的样子。

〔2〕玉环：指月亮。唐白居易《和栉沐寄道友》："高星灿金粟，落月沉玉环。"

〔3〕禁烟：寒食节。古人在这天禁烟火，只吃冷食。

〔4〕燕支：胭脂。

【赏析】

海棠花艳丽夺人，开花又早，独占年华，但花时短暂，早早凋零，令人为之叹惜，古来词人多有吟咏海棠之作。王沂孙工于咏物，这首海棠词摹写物象，得其形神，不黏不滞，全篇并无一海棠字样，却尽得其风流神韵。

上阕起句赞美海棠的绰约风姿，"玉环未破东风睡"，既描绘了淡淡月辉下海棠的妩媚娇态，如玉人酣睡，同时又隐指玄宗、贵妃之情事。《明皇杂录》中载：一次玄宗登沉香亭召贵妃，贵妃酒醉未醒，高力士从侍儿扶之而来。玄宗笑曰："岂是妃子醉耶？海棠睡未足也。"此处"玉环"兼两重含意，既指贵妃，又代指月轮。这句"似花还似非花"，海棠与贵妃，人的娇姿与花的娇容相映生辉。"将开半敛，似红还白"，形容花欲开未开时的娇美形态和颜色。"偏占”句写海棠开放于清寒未消之际，占群花之先，然而海棠开得早，败得也早，故此引来下句“叹黄州一梦，燕宫绝笔”，似暗指贵妃惨死马嵬坡之事，人与花有着相同的不幸命运，故词人之赏花，不独是爱花怜花，更有无限人生感慨于其中。

下阕进一步写词人的一片护花惜花之深情。当日落月升之时，那千朵万枝海棠花在明月清光的映照下，分外艳丽，媚色动人，使满庭生辉。词人爱花心切，不顾夜深清寒似水，秉烛赏花。“银烛延娇”，源出自苏轼诗“只恐夜深花睡去，故烧高烛照红妆”。“延娇”“留艳”字样均表现了词人希望将花留住的一片痴心。结句“怕明朝，小雨蒙蒙，便化作燕支泪”，以佳人落泪的凄美形象形容雨中海棠之风神，写得凄楚动人。

高 阳 台

和周草窗寄越中诸友韵

王沂孙

残雪庭阴，轻寒帘影，霏霏玉管春葭[1]。小帖金泥[2]，不知春在谁家。相思一夜窗前梦，奈个人，水隔天遮。但凄然，满树幽香，满地横斜。　　江南自是离愁苦，况游骢古道[3]，归雁平沙[4]。怎得银笺，殷勤与说年华。如今处处生芳草，纵凭高，不见天涯。更消他，几度东风，几度飞花。

【注释】

〔1〕霏霏：纷飞的样子。《诗·小雅·采薇》：“今我来思，雨雪霏霏。”春葭：春天初生的芦苇。古时为预测天气，以浮灰塞入律管，节候至则灰飞管通。

〔2〕金泥：以水银和金粉以为泥，用以封印玉牒、玉检、诏书等。古有风俗：“立春之日，悉剪彩为燕戴之，帖‘宜春’二字。”

〔3〕骢：毛色青白相间的马。

〔4〕平沙：广漠的沙原。

【赏析】

此词为王沂孙答和周草窗（密）之作，表达了对友人的深切的思念。

上阕写虽是轻寒薄罩，但春葭霏霏，已传来了春的讯息，“残”与“轻”字细腻而准确地描绘出了寒意尚未退尽的冬末春初景象。“小帖金泥”句则由自然景物转入人事，写在这春天来临，万物复苏，欣欣向荣的时日里，客游在外的词人心头却为离愁别恨所占据，那“良辰美景”似与词人无关，“赏心乐事”也只是属于那些春风得意的人们，一腔离骚，因春更浓，故言“不知春在谁家”。下面紧接着写词人在这种幽幽的心境中，思念着远方的友人，然而一夜相思成梦，醒来无奈还是与那人水隔天遮，不能相见。这愁情，使窗前那“满树幽香，满地横斜”的美景在词人眼中也充满了凄然悲凉的味道。

下阕词人替人说愁，设想那西风瘦马，空见雁归的北国游子心头有离愁万千。“怎得银笺”句是说想细诉别后光阴，却苦于没有精美信笺，实是说那无边的愁思难以用语言表达。“如今”句写词人登高望远，盼望友人归来，然而山隔水阻，梦魂难觅，只见芳草迷离，铺向天边。此实是以那一川烟草暗喻词人满怀离愁别恨。结句“几度东风，几度飞花”，写得既空灵摇曳，又味醇意厚，道出了人老黄昏，好景不常的人生哀感。

和词既需押原来韵字，又需与原作意思衔接而不雷同，而此词苦心经营，出以自然天成，写得清丽流转，沉郁哀婉，足见词人经验之丰富，词学之高超。

一剪梅

舟过吴江

蒋　捷

一片春愁待酒浇，江上舟摇，楼上帘招。秋娘渡与泰娘桥[1]，风又飘飘，雨又萧萧。　何日归家洗客袍，银字笙调，心字香烧[2]。流光容易把人抛，红了樱桃，绿了芭蕉。

【注释】

〔1〕秋娘、泰娘：都是唐代著名歌女的名字。秋娘渡与泰娘桥均为吴江的两个地名。

〔2〕心字香：明杨慎《词品》：“所谓心字香者，以香末萦篆成心字也。”

【赏析】

这是首倦游思归之作。上阕写实景，词人乘船路经吴江，一路风雨潇潇，一派烟雨迷离景象，故引起词人思乡愁绪绵绵不断，令词人渴望借酒消愁，一醉方休。“风又飘飘，雨又萧萧”，“又”字的重复使用，表现了词人不堪愁之重负的无奈情绪。

下阕写虚景，为词人想象的展现。这里通过几个生活小细节的叠加铺写，烘托出远游归家后家中的温馨与舒适。“银字笙调，心字香烧”，即调弄起镶有银字的笙，点燃心字形的篆香。“流光”句与“何日”句互为因果关系。“何日归家洗客袍”，“何日”的疑问语气，表达了词人归心似箭的急切心情，这是因为“流光容易把人抛”。“红了樱桃，绿了芭蕉”，词人巧妙地选取自然界色彩的缤纷变幻，将无形时光的流逝化为可见之具体物象，形象而生动，是脍炙人口的名句。

此词铿锵悦耳，富于节奏感和音乐美，朗朗上口。

齐天乐

客长安赋

王易简

宫烟晓散春如雾，参差护晴窗户。柳色初分，饧香未冷[1]，正是清明百五[2]。临流笑语，映十二栏杆，翠嚬红妒。短帽轻鞍，倦游曾遍断桥路。　东风为谁媚妩？岁华频感慨，双鬓何许！前度刘郎[3]，三生杜牧[4]，赢得征衫尘土。心期暗数，总寂寞当年，酒筹花谱[5]。付与春愁，小楼今夜雨。

【注释】

〔1〕饧：饴糖，寒食节食品。

〔2〕百五：指寒食节。《荆楚岁时记》：“去冬节一百五日，即有疾风甚雨，谓之寒食，禁火三日。”

〔3〕前度刘郎：刘禹锡《再游玄都观》诗："种桃道士归何处？前度刘郎今又来。"

〔4〕三生杜牧：本于黄庭坚诗："春风十里珠帘卷，仿佛三生杜牧之。"

〔5〕酒筹花谱：酒筹，喝酒时用以计数的筹子。花谱，指记载四时花卉的书籍。

【赏析】

此词为词人晚年之作。上阕写寒食节前后的春景，景中有人，如一幅美丽的春日图。"短帽轻鞍，倦游曾遍断桥路"，"曾"字点明以上所写均为回忆，是词人年轻时游玩过的地方。

下阕"东风为谁媚妩？"以问句道出了词人心中的辛酸，岁华如水，如今已是两鬓斑白，春风之情已与己无关了。"前度刘郎"句是写自己如刘郎、杜牧，故地重游之时，空送走了许多的时月，只赢得了征衫上的些许尘土。此中有不尽的人生感慨，世上万事总成空，美好的事物更是短暂易逝，时光给人们留下的不过是些辛酸和凄楚的滋味罢了。"心期暗数，总寂寞当年，酒筹花谱"，天下没有不散的筵席，当年游玩时用的酒筹花谱，如今已被寂寞地闲置一旁，实写旧友难逢、好景不再的痛苦。此处妙在词人不直言自己的寂寞，而是说"酒筹花谱"，使人体会其寂寞。结句"付与春愁，小楼今夜雨"，写愁苦之情，就如今夜小楼外那潇潇洒洒、无休无止的春雨一样绵绵不断。

词人在对往昔风月冶游的惆怅回忆中，寄寓了深沉的人生感慨，"临流笑语""短帽轻鞍"，无非伤心惨目，含有无限悲凉，写得含蓄蕴藉，沉郁哀婉。

词人谱

李隆基

(685－762)，唐睿宗李旦第三子，景云元年(710)立为皇太子，英武多才。即位后，开元之际，励精图治。天宝年后，宠幸杨贵妃，用李林甫、杨国忠，致安禄山之乱，避难逃蜀。在位四十四年。其词已散佚，只存《好时光》一首。

李　白

(701－762)，字太白，号青莲居士，自称祖籍陇西成纪(今甘肃静宁西南)，生于安西都护府之碎叶城，五岁时随家迁至绵州昌隆(今四川江油)青莲乡。二十五岁开始漫游各地。贺知章奇其才，荐于玄宗，天宝元年(742)应诏赴京，供奉翰林，不久即遭谗去职。安史乱中，为永王李璘的幕僚，璘败，白被流放夜郎，中途遇赦，往依族人当涂令李阳冰，逝于当涂(今属安徽)。

李白为唐代著名诗人，有《李太白集》。词作不多，《尊前集》于李白名下录词十二首，其中《菩萨蛮》(平林漠漠)和《忆秦娥》(箫声咽)两首，宋人黄升誉之为“百代词曲之祖”。

韩　翃

生卒年不详，字君平，南阳(今属河南)人。天宝十三载(754)进士，大历十才子之一，著有《韩君平诗集》。其爱姬柳氏于乱离中被番将所夺，翃作《章台柳》词咏赠，附于诗集。

王　建

(约767－约830)，字仲初，许川(治今河南许昌)人。工乐府，与张籍齐名。有《王司马集》。词存十首，以《调笑令》流传最广。

白居易

(772－846)，字乐天，晚号香山居士，又号醉吟先生。祖籍太原，徙居下邽(今陕西渭南北)。贞元十六年(800)进士。补校书郎，历官至太子太傅，以刑部尚书致仕。为唐代著名诗人，有《白氏长庆集》，今存词三十余首，风格平易近人，老妪能解，广为传诵。

冯延巳

(903－960)，又名延嗣，字正中，广陵(今江苏扬州)人。历事南唐二主，曾拜同平章事(宰相之职)。有辞学，多伎艺，善作新词。

冯延巳为五代词人一大家，与温庭筠、韦庄分鼎三足。冯词较“花间词”派更多对人物内心世界的抒写，取材较丰富，境界较开阔，词风深美闳约，对北宋词人如晏殊、欧阳修等人影响很大。词作有《阳春集》，存词一百余首。

李　煜

(937－978)，字重光，初名从嘉，号钟隐，南唐中主李璟第六子。徐州人，纯真聪颖，好读书，精通音乐，善诗文、书画，尤工于词。

961年嗣位，史称南唐后主，在位十五年，降于宋。亡国后，日夕以泪洗面，词多悲愤悔恨，极言亡国之痛，故国之思。题材广大，境界深远，感情真挚。宋太平兴国三年(978)七夕，为宋太祖赵光义赐药毒死。有后人所辑《南唐二主词》。

韦　庄

(约836－910)，字端己，长安杜陵(今陕西西安东南)人。乾宁进士，后入蜀投奔藩将王建。唐亡，王建称帝，国号蜀，韦为宰相。韦庄词以情胜，疏淡秀雅，蕴藉风流，与温庭筠并称"温韦"。王国维《人间词话》评曰："韦端己之词，骨秀也。"有诗集《浣花集》。

牛　峤

生卒年不详，字松卿，又字延峰，陇西(今甘肃陇西)人。乾符五年(878)登进士第。前蜀王建称帝，为给事中。牛峤以词著名，风格虽类似于温庭筠的秾艳缛丽，但于繁弦促拉间有劲气暗转，愈转愈深，况周颐批评五代词"除表写无可学"，唯"松卿词盖有内心者"。有《歌诗集》三卷，不传。

张　泌

生卒年及事迹不详，《花间集》列于牛峤、毛文锡之间，称为张舍人。

张泌词以《江城子》而得名。其词风格"介乎温韦之间而与韦最近"(《栩庄漫记》)。况周颐评曰："其佳者能蕴藉有韵致。"(《餐樱庑词话》)

毛文锡

(约913年前后在世)，字平珪，南阳(一说高阳)人。唐时登进士第，后仕前蜀为翰林学士，官至司徒；复仕后蜀。

毛文锡词率多平直，尤擅艳语，沈雄谓其"大致匀净，不及熙震"(《古今词话·词评》卷上)。

顾　夐

(约928年前后在世)，前蜀时官至茂州刺史，后复事后蜀，累官至太尉。顾夐小词颇工，"浓淡疏密，一归于艳。五代艳词之上驷矣"，"工致丽密，时复清疏。以艳之神与骨为清，其艳乃入神入骨"(《餐樱庑词话》)。

孟　昶

(919－965)，五代后蜀后主，字保元，邢州龙冈(今河北邢台)人。(934—965年)在位，奢侈无度，国亡降宋，卒谥恭孝。

孟昶工乐府，"尝言不效王衍作轻薄小词，而其词自工"(《边州闻见录》)。所存仅《玉楼春》（又名《木兰花》）一阕，正所谓无意为词而词自工者。

欧阳炯

（约896－971），益州华阳（今四川成都）人。前蜀时曾为中书舍人，后拜为宰相，最后随后蜀后主孟昶归宋，任左散骑常侍。欧阳炯词婉约轻和，为时人称道。况周颐说其词“艳而质，质而愈艳，行间句里，却有清气往来”（《历代词人考略》）。

宋　祁

（998－1061），北宋文学家、史学家。字子京，开封雍丘（今河南杞县）人。历官大理寺丞、国子监直讲、史馆修撰、工部尚书、翰林学士。与欧阳修等合修《新唐书》。善诗词，语言工整秀丽，因《玉楼春》词中“红杏枝头春意闹”一句，人称“红杏尚书”，一时传为美谈。卒谥景文，有《宋景文集》。

欧阳修

（1007－1072），吉州吉水（今属江西）人。号醉翁，又号六一居士，天圣八年（1030）进士，官至参知政事。神宗朝，迁兵部尚书，以太子少师致仕。卒赠太子太师，谥文忠。其词多缠绵悱恻，伤春怨别，风格深婉清丽，接近于晏殊，亦有疏旷豪迈之作。有《欧阳文忠集》《六一词》等。

张　先

（990－1078），北宋词人。字子野，乌程（今浙江湖州）人。宋仁宗天圣八年（1030）进士，官至尚书都官郎中。张先早期作品多为小令，和晏殊、欧阳修并称；后写慢词，与柳永齐名。因词中多用“影”字，人称“张三影”。所作词含蓄工巧，富有情韵。今存《张子野词》。

晏　殊

（991－1055），北宋政治家、词人。字同叔，抚州临川（今江西抚州）人。官至同中书门下平章事兼枢密使。卒谥元献。范仲淹、富弼、欧阳修、张先等皆出于其门下。晏殊词受冯延巳影响，语言凝炼、自然，风格和婉闲雅、 秾丽多姿，内容多赋生活情趣及闲情逸致。有《珠玉词》及《晏元献遗文》。

柳　永

（约987－约1053），北宋词人，字耆卿，原名三变。崇安（今福建武夷山市）人。景祐元年（1034）进士，官至屯田员外郎。柳永仕途上坎坷，曾写过《鹤冲天》词，发泄怀才不遇，引起宋仁宗不满。由于失意无聊，流连坊曲，他的一生颠沛流离，凄凉而死。词多写都市生活和青楼偎翠倚红之境，也有不少描写逆旅情怀的词。柳词的离情别绪写得大胆、真挚。他精通音律，一生写了大量慢词，开创了慢词的先河。他的词形成了俚俗词和清雅词两种不同的风格。俚俗词迎合了市民生活趣味，受到广泛的欢迎，相传当时“凡有井水饮处，即能歌柳词”。而清雅词又受到文人学士的赞赏。

晏几道

(1038－1110)，字叔原，号小山。抚州临川(今江西抚州)人，晏殊幼子。累官至开封府推官。一生仕途失意，晚年家道中落。能文善词，与父齐名，时称“二晏”。词风近其父，多写四时景物、男女爱情，受五代艳词影响，又兼花间之长。较之其父，更工于言情，为后世喜工丽词语的文人所赞赏。有《小山词》。

贺　铸

(1052－1125)，字方回，卫州(治今河南卫辉)人。娶宗室女，授右班殿直。元祐中，通判泗州。为人豪侠尚气，喜论当世之事，渴望建功立业。才兼文武，秉性刚直，不阿权贵，因而一生屈居下僚。晚退居苏州，自号庆湖遗老。其词风格多样，题材丰富兼有豪放婉约之长。词集《东山词》、诗集《庆湖遗老集》。

林　逋

(967－1028)，字君复，钱塘(今浙江杭州市)人。少孤力学，恬淡好古，不趋荣利，隐居西湖孤山上，二十年足迹不到城市。未娶，以种梅养鹤自娱，人称“梅妻鹤子”。卒谥和靖先生。善行书，工于诗。其诗多描写隐居生活，能以疏淡之笔墨勾勒图画，尤长于咏梅，以《山园小梅》最负盛名。存词三首，清丽隽永。有《林和靖诗集》。

周邦彦

(1056－1121)，字美成，号清真居士，钱塘(今浙江杭州)人。少有才学，因献《汴都赋》，擢为太学正。及至旧党执政，迭遭贬谪。哲宗亲政，召为国子主簿。徽宗朝累官至徽猷阁待制，提举大晟府，后出知顺昌府，徙处州。其词作多写恋情，还有咏物、怀古伤今、表现羁旅行役的作品。音律严整，语言工丽，多用典故，形成了浑厚、典丽缜密的艺术风格。被称为婉约派的集大成者和格律派的创始人。但其词过分追求格律法度与形式，思想内容较贫乏，开了形式主义词风的先河。今存《片玉词》。

苏　轼

(1036－1101)，字子瞻，号东坡居士，眉州眉山(今属四川)人。仁宗嘉祐二年(1057)进士。历官福昌县主簿、大理评事、殿中丞等。神宗时，因反对王安石变法，出为杭州通判，知密、徐、湖诸州。元丰中，被指控讥刺新法而下狱，后贬居黄州。元祐中，迁中书舍人、翰林学士，除龙图阁学士知杭州，改知颍州、扬州。还，迁端明殿学士、礼部尚书，再知定州。绍圣初，坐讪谤贬惠州，徙儋州。徽宗立，赦还，卒于常州。苏轼才情奔放，是北宋中期的文坛领袖，一代文学巨匠，唐宋八大家之一。苏轼的散文、诗、词、书、画等均有很高的成就。其词在风格、体制上皆有创变，豪壮清雄之作尤新人耳目。著述颇丰，词集有《东坡乐府》。

黄庭坚

(1045－1105)，字鲁直，号山谷道人，洪州分宁(今江西修水)人。英宗治平四年(1067)进士。累官国子监教授、校书郎、《神宗实录》检讨官，迁著作佐郎、国史编修官。苏门四学士之一。其书法精妙，尤长于诗，为江西派宗主。早年近柳永，多写艳情；晚年近苏轼，深于感慨，风格豪放秀逸。常以江西诗派那种瘦硬诗入词，因而不少作品缺乏词韵，有《山谷词》。

李清照

(1084－约1155)，号易安居士。齐州章丘（今山东济南市章丘区西北）人。早年生活比较安定、富裕，词多写个人闲适生活。后期历经战乱，生活动荡不堪，词的内容有了较大的变化，表达了她的悲伤痛苦和怀念故土的感情。其词艺术造诣很高，语言清新，刻画细腻，感情浓烈，意境优美。有《漱玉词》。

刘　过

(1154－1206)，字改之，号龙洲道人，吉州太和（今江西泰和）人，一说庐陵（今江西吉安）人。曾上书朝廷，提出恢复中原的方略，不被采用。四次应举未中，长期流浪江湖，曾为辛弃疾称赏。晚年居于昆山。其词整体上属辛派豪放词，但也有清秀俊逸之作。内容上多抒发恢复中原的爱国心志及怀才不遇的感慨。有《龙洲集》《龙洲词》。

姜　夔

(约1155－约1209)，字尧章，饶州鄱阳(今属江西)人。后卜居弁山白石洞下，自号白石道人。姜夔布衣终身，为人狷洁清高，他与当时名重一时的诗人杨万里、范成大等结成翰墨友谊。姜夔词风神潇洒，意度高远。笔力疏跌峻容，言情体物，有刚劲峭拔之风；讲究律度，多自制曲，格高韵响，谐婉动听。有《白石道人诗集》《诗说》等。

史达祖

生卒年不详。字邦卿，号梅溪，汴（今河南开封）人。曾为权臣韩侂胄门下堂吏（1200年左右），不久，韩被杀，史也受黥刑。史达祖的词，过去常与周邦彦、姜夔并称。姜称史词："奇秀清逸，有李长吉之韵，盖能融情景于一家，会句意于两得。"他的咏物词善用白描，细腻工整，写得形神兼备，最为著名。有《梅溪词》。

严　仁

生卒年不详。字次山，号樵溪，邵武（今属福建）人。他与严羽、严参并称为"邵武三严"。有《清江欸乃集》一卷，今已失传。其词多写男女爱情，明艳工丽。黄升谓其词"极能道闺闱之趣"(《花庵词选》)。

吴　潜

(1195－1262)，字毅夫，号履斋，宣州宁国（今安徽宁国西南）人，嘉定十年(1217)进士第一。淳祐十一年(1251)为参知政事，官至左丞相，兼枢密使，封庄国公，改许国公。卒赠少师。有《履斋诗余》一卷。其词格调沉郁，感慨特深。学辛弃疾，颇能得其是处，又曾与姜夔相从，也受其影响。

吴文英

（约1212－约1272)，字君特，号梦窗，晚年又号觉翁，四明(今浙江宁波)人。本姓翁，出继吴氏，改姓。早年曾入苏州仓幕供职，此后长期以清客身份往来杭州、苏州、绍兴一带。交游如吴潜、史宅之等都是朝中显贵。

吴文英精通音律，自度了许多腔调，如《古香慢》《霜花腴》等，其中《莺啼序》分四阕，有二百四十字，为词中最长的调。凡此种种，都说明吴文英的词戛戛独造，不愧为南宋词坛重镇。有词集《梦窗词》。

周　密

(1232－约1298)，字公谨，号草窗、蘋州、四水潜夫、弁阳啸翁等。济南人，流寓吴兴（今浙江湖州市），居弁山。宋末曾任义乌令。宋亡不仕，与王沂孙、张炎、唐珏等人共结词社。早期词多写优雅生活，讲究音律，文字优美。晚年身逢国难，多抒发思国怀乡之情，风格亦转为凄凉悲郁。词与吴文英（梦窗）齐名，并称“二窗”，能诗善画，著有诗集《草窗韵语》、词集《草窗词》（又名《蘋州渔笛谱》)、笔记《武林旧事》《癸辛杂识》《齐东野语》《云烟过眼录》《浩然斋雅谈》等，编纂《绝妙好词》。

蒋　捷

（约1245－1305后），字胜欲，号竹山，常州宜兴（今属江苏）人，先世为宜兴巨族，咸淳十年(1274)进士。宋亡，深怀亡国之痛，隐居不仕，其气节为时人所称。长于词，与周密、王沂孙、张炎并称“宋末四大家”。其词多抒发故国之思、山河之恸、风格多样，而以悲凉清俊、萧寥疏爽为主。尤以造语奇巧之作，在宋末词坛独标一格，有《竹山词》一卷，收入毛晋《宋六十名家词》本。